CW01712671

COLLECTION FOLIO

Stefan Zweig

Les Deux Sœurs

précédé de

Une histoire au crépuscule

Traduit de l'allemand (Autriche)
par Nicole Taubes et Claudine Layre

Gallimard

Ces nouvelles sont extraites de *Romans, nouvelles et récits*, I (Bibliothèque de la Pléiade, Éditions Gallimard).

Titres originaux :

KLEINE LEGENDE VON DEN GLEICH-UNGLEICHEN SCHWESTERN

GESCHICHTE IN DER DÄMMERUNG

© *Éditions Gallimard, 2013 pour les traductions françaises ; 2019, pour la présente édition.*

Stefan Zweig est né à Vienne le 28 novembre 1881. Bachelier en 1900 alors que paraît sa nouvelle *Rêves oubliés*, il traduisait et publiait ses premiers textes encore adolescent. Docteur en philosophie en 1904, ami de Romain Rolland et d'Émile Verhaeren, il parcourt plusieurs pays pendant ses années de jeunesse, tout en faisant éditer de nombreux écrits en vers et en prose dont *L'amour d'Erika Ewald*, *Les couronnes précoces* ou encore *Thersite*. Observateur inquiet de la montée des nationalismes, il est affecté aux archives de Vienne au début de la Grande Guerre avant d'être envoyé sur le front de Galicie ; il compose en 1915 la pièce pacifiste *Jérémie*. L'armistice signé, il s'installe à Salzbourg avec sa première femme et fait paraître – pendant une décennie 1920 particulièrement féconde – parmi ses nouvelles les plus lues : *Lettre d'une inconnue* et *Amok* en 1922, *Vingt-quatre heures de la vie d'une femme* en 1925, *Confusion des sentiments* en 1927. L'écrivain, également traducteur, compose aussi des essais (sur Nietzsche, Dostoïevski ou encore Freud) et des biographies (dont celles de Marie-Antoinette, de Montaigne et de Marceline Desbordes-Valmore). Après l'arrivée de Hitler au pouvoir en Allemagne, il gagne Londres, puis part pour les États-Unis. Alors qu'il achève son roman *Impatience du cœur*, il est déchu de sa nationalité dans une Autriche annexée par les nazis et ne peut rejoindre Salzbourg. Exilé au Brésil, il continue à écrire, composant notamment pendant ses dernières années *Nouvelle du jeu d'échecs* ainsi qu'une autobiographie, *Le monde d'hier*, dans laquelle il relate ses souvenirs, « souvenirs d'un Européen ». Le 23 février 1942, anéanti par les événements, hanté par la crainte d'une victoire du nazisme, Stefan Zweig se donne la mort avec sa seconde femme, à Petrópolis.

Lisez ou relisez les livres de Stefan Zweig en Folio :

NOUVELLE DU JEU D'ÉCHECS (Folio classique n° 6586 et Folioplus classiques n° 263)

AMOK (Folio classique n° 5643 et Folio Bilingue n° 198)

LE JOUEUR D'ÉCHECS / *SCHACHNOVELLE* (Folio Bilingue n° 185)

VINGT-QUATRE HEURES DE LA VIE D'UNE FEMME (Folio classique n° 5661 et Folio Bilingue n° 192)

ANGOISSES (Folio classique n° 5658)

DÉCOUVERTE INOPINÉE D'UN VRAI MÉTIER *suivi de* LA VIEILLE DETTE (Folio 3 € n° 5905)

LE MONDE D'HIER (Folio essais n° 616)

ÉTAIT-CE LUI ? *précédé d'*UN HOMME QU'ON OUBLIE PAS (Folio 3 € n° 6184)

BRÛLANT SECRET (Folio 3 € n° 6418)

LETTRE D'UNE INCONNUE (Folio classique n° 6440 et Folio Bilingue n° 223)

Une histoire au crépuscule

Le vent nous aurait-il encore apporté la pluie sur la ville, qu'il fasse soudain si sombre dans la pièce ? Non. L'air est calme et clair comme l'argent, comme rarement en ces jours d'été, mais il s'est fait tard et nous ne l'avons pas remarqué. Seules les lucarnes, sur le toit d'en face, nous sourient encore de leur pâle lueur, et au-dessus de la crête du toit, le ciel est déjà voilé d'une vapeur dorée. Dans une heure, il fera nuit. Une heure splendide car rien n'est plus beau à contempler que cette teinte qui se fane peu à peu et s'abolit dans l'ombre, et puis, dans la pièce, l'obscurité qui monte du sol, envahit sans bruit les murs pour se refermer sur nous et nous emporter dans ses flots ténébreux. Assis alors face à face et nous regardant l'un l'autre sans prononcer un mot, en cette heure, dans cette ombre, le visage familier de l'autre nous apparaît comme plus ancien, plus étrange, plus lointain, comme si l'on se voyait pour la première fois, à une longue distance dans l'espace et dans le temps. Mais tu n'aimes pas qu'on se taise, dis-tu, en ces instants oppressants où, dans le silence, on entend l'horloge fendre le temps en mille petits fragments, et le bruit trop fort de la respiration, comme celle d'un malade. Tu veux que je te raconte quelque chose. Volontiers. Mais ce ne sera pas une histoire qui m'appartienne, car notre vie, dans ces villes immenses, est pauvre en événements, ainsi du moins nous semble-t-il, car nous ignorons encore ce qui nous appartient vraiment en propre. Mais je vais te raconter une histoire pour cette heure qui, en fait, n'aime que le silence, et je voudrais qu'elle ait quelque chose de cette douce lumière tiède du crépuscule qui flotte comme un voile devant nos fenêtres.

Je ne sais d'où m'est venue cette histoire. Je sais seulement qu'au début de l'après-midi, je me suis longuement attardé à lire un livre que j'ai ensuite laissé glisser de mes mains, sombrant dans la rêverie, peut-être même aussi dans la somnolence. Soudain, ici même, j'ai vu des silhouettes ; elles se déplaçaient le long du mur, et je pouvais entendre leurs mots et voir dans leur vie. Mais lorsque j'ai voulu suivre des yeux ces ombres qui disparaissaient, j'étais déjà réveillé et de nouveau seul. Glissé à mes pieds, gisait mon livre. Quand je l'ai ramassé pour y chercher ces ombres, je n'y ai plus retrouvé l'histoire : comme si elle s'était échappée des pages pour tomber dans mes mains, ou n'y avait jamais figuré. Peut-être l'avais-je rêvée ou lue dans l'un de ces nuages colorés qui aujourd'hui, venus de pays lointains, ont rendu visite à notre ville portant au loin la pluie qui nous a si longtemps accablés. Ou bien l'avais-je entendue dans cette vieille complainte simplette qu'un orgue de Barbarie mélancolique avait égrenée sous ma fenêtre, ou alors quelqu'un me l'avait-il contée il y a bien des années ? Je ne sais. Ces sortes d'histoires viennent souvent me visiter et je laisse les événements de leur intrigue s'écouler entre mes doigts sans les retenir, comme on caresse au passage des épis de blé ou, sans les cueillir, des fleurs sur leurs longues tiges. Je me contente de les rêver, sans les saisir, partant d'une image aux couleurs vives pour finir dans une teinte plus assourdie. Mais tu me demandes à présent une histoire, alors je te la raconte, ce soir, à l'heure où la mélancolie du crépuscule nous donne envie de voir s'animer sous nos yeux des couleurs vives qui finissent dans la grisaille.

Comment vais-je commencer ? Je crois que je dois faire sortir de l'ombre un instant précis, une image et une silhouette, car c'est ainsi qu'en moi débutent ces rêveries étranges. C'est bien cela, oui, je me souviens : je vois un garçon svelte qui descend le large perron d'un château. C'est la nuit, une nuit de lune blême, mais comme dans un miroir qui s'éclaire, je discerne chaque détail du contour de son corps svelte, je distingue chacun de ses traits. Il est d'une beauté rare. Ses cheveux sont noirs et lisses ; il porte une frange enfantine qui lui couvre un front presque trop haut, et ses mains, qu'il tend écartées devant lui dans le noir pour palper un air encore tiédi par la chaleur du soleil, sont très délicates et distinguées. Son pas est hésitant. L'air rêveur, il descend vers le grand parc peuplé d'arbres chuchotants aux couronnes arrondies et traversé par une large voie carrossable qui renvoie la lumière, telle une allée de sable blanc.

Je ne sais plus quand tout cela est arrivé – était-ce hier, il y a cinquante ans – ni en quelle contrée, mais cela devait se passer en Angleterre ou en Écosse car c'est là, uniquement, que j'ai vu ce genre de châteaux, hauts, massifs et quadratiques qui, de loin, se dressent, impressionnants comme des châteaux forts et ne livrent qu'aux familiers la vue de leurs jardins clairs et fleuris vers lesquels ils se penchent. Oui, à présent, j'en suis certain, cela se passe là-haut, en Écosse, car il n'est que ce pays nordique pour connaître ces nuits d'été presque blanches au ciel laiteux comme l'opale déversant sa clarté sur des champs jamais sombres, si bien que toute chose semble irradier de l'intérieur sa douce lumière et que seules les ombres ressemblent à d'immenses oiseaux noirs qui s'abattent d'en haut sur les surfaces claires. On est en Écosse, oh ! maintenant, j'en suis tout à fait sûr, et si je m'en donnais la peine, je retrouverais le nom de ce château comtal et celui du garçon, car voici que le rêve se dépouille vivement de sa gangue sombre : je perçois chaque chose avec une telle netteté qu'il semblerait qu'elle soit non plus souvenir mais réalité vivante. Le garçon passe l'été au château, chez sa sœur déjà mariée et, comme il est dans la façon hospitalière des grandes familles britanniques, en nombreuse compagnie ; le soir, le cercle réunit toute une bande d'amis chasseurs avec leurs épouses, ainsi que quelques jeunes filles, tous hauts de taille et de belle apparence, et dont la joie et la jeunesse se répandent en rires qui, sans être bruyants, jouent avec l'écho des vieilles murailles. Toute la journée, des chevaux déboulent ici et là, des attelages de chiens s'en vont, guidés par leur maître, et de l'autre côté, sur la rivière, deux ou trois barques scintillent : une animation qui n'est pas l'affairement des commerçants donne à la journée un rythme enlevé et agréable.

Mais à présent c'est le soir, la compagnie a quitté la table et s'est dispersée. Les messieurs, assis dans la salle, fument et jouent ; jusqu'à minuit, depuis les fenêtres illuminées, d'où parfois retentit un grand rire cordial, de larges faisceaux de lumière projettent dans le parc des plages claires un peu effrangées au pourtour. Les dames, pour la plupart, sont dans leur chambre depuis longtemps, quelques-unes se sont peut-être encore attardées à bavarder dans le hall. C'est ainsi que le jeune garçon se retrouve tout seul le soir. Il n'est pas encore admis, ou alors juste pour un instant, dans la compagnie des messieurs, et il se sent gêné parmi les dames, car souvent, dès qu'il apparaît dans leur salon, elles baissent aussitôt la voix : il devine qu'elles parlent de choses qu'il ne doit pas entendre. Et d'ailleurs, il n'aime pas leur compagnie car elles lui posent des questions comme à un enfant et écoutent à peine ses réponses. Elles l'utilisent pour mille petits services, puis le remercient comme un gentil petit garçon. Et donc, il a décidé d'aller se coucher ; il avait déjà monté l'escalier tournant ; mais il faisait trop chaud dans la chambre, l'air y pesait d'une chaleur immobile et étouffante. On avait oublié de fermer les fenêtres pendant la journée, et le soleil y avait régné en maître : il s'était épandu sur la table brûlante, avait chauffé le lit à blanc, avait séjourné, ardent, sur les murs, et de chaque angle émanait encore sa chaleur fébrile et son souffle de feu agitait encore les rideaux. Et puis, il était encore si tôt – dehors, la nuit d'été avait la transparence opaline d'une cire blanche, si tranquille, si calme, apaisée, tel un désir assouvi. Et donc, voici notre garçon redescendu des hautes marches du château, il se dirige vers le jardin, vers la sombre tache arrondie sur laquelle le ciel opalescent suspend comme une auréole et d'où, par ondes successives, lui parvient l'attirant parfum saturé de mille corolles invisibles. Il éprouve une impression étrange. Dans la confusion de ses sentiments d'adolescent de quinze ans, il n'aurait su en dire la raison, mais ses lèvres frémissent comme s'il allait s'adresser à la nuit et tendre ses mains vers elle, ou comme s'il devait fermer longuement les yeux : comme s'il existait une mystérieuse connivence entre lui et cette paisible nuit d'été, et qu'elle voulût lui communiquer un mot, un signe, un message.

Le garçon quitte à pas lents la large chaussée pour emprunter l'un des étroits sentiers latéraux où les cimes des arbres penchent l'une vers l'autre comme pour s'embrasser leur couronne nimbée d'argent, tandis qu'au-dessous règne une profonde obscurité nocturne. Tout est silencieux, à l'exception de la respiration ineffable d'un jardin, cette vibration faiblement bourdonnante, telle une pluie légère tombant sur un gazon, ou le doux bruissement des brins d'herbe se frôlant ; ces bruits à peine audibles viennent à la rencontre du jeune homme qui avance, perdu dans une douce et inexplicable mélancolie. Parfois sa main effleure un arbre, ou bien il s'arrête pour écouter ces bruits fugaces ; sa coiffure le gêne, alors il l'enlève, pour sentir sur ses tempes nues, là où bat son sang, la caressante berceuse du vent.

Or, tout à coup, tandis qu'il s'enfonce dans l'obscurité, une chose inouïe se produit. Il perçoit derrière lui le bruit d'un pas léger sur le gravier. Il se retourne, surpris, et n'a que le temps de voir luire l'éclat d'une étoffe venant vers lui, c'est une haute silhouette vêtue de blanc, elle est déjà contre lui, il sent, effrayé, les bras d'une femme se refermer sur lui, avec force mais sans violence. Un corps tendre et chaud se presse contre le sien, une main effleure ses cheveux, lui renverse le visage en arrière et il sent aussitôt sur sa bouche le fruit inconnu, entrouvert, de deux lèvres qui prennent les siennes avec voracité. Ce visage étranger est si près du sien qu'il ne peut en discerner les traits. Il n'ose chercher à le voir, car l'émoi secoue si douloureusement son corps qu'il ferme les yeux et s'abandonne comme la proie sans défense à ces lèvres brûlantes ; indécis, perplexe, il enserre alors de ses bras la silhouette étrangère, et pris d'une ivresse subite, presse contre le sien ce corps inconnu. Ses mains avides parcourent les formes au tendre modelé, s'attardent ou reprennent leur course, fébriles et plus impérieuses. Le doux fardeau penche déjà vers lui, et le corps se laissant aller repose déjà de tout son poids sur son torse qui cède sous la pression. Il se sent sombrer et partir à la dérive, son souffle s'accélère sous la force qui l'entraîne, il sent ses jarrets ployer sous lui. Sa pensée est annihilée. Peu lui importe de savoir comment cette femme est parvenue jusqu'à lui, de connaître son nom : il lui suffit de boire, les yeux clos, jusqu'à l'ivresse, le désir avide de ces lèvres étrangères, leur parfum humide, et d'abdiquer toute volonté, éperdu, transporté par une vague immense de passion. Il a l'impression qu'une pluie d'étoiles fait papilloter ses yeux, scintiller et brûler tout ce qu'il touche. Il ignore combien de temps tout cela dure, sont-ce des heures qu'il reste prisonnier de ces liens si doux ? des secondes ? Il sent toute chose s'embraser dans la fougue voluptueuse du combat, tout part à la dérive, tout vacille dans un vertige magique.

Et soudain, d'un seul coup, les liens brûlants qui l'enchaînent se rompent. Brusquement, presque avec rancœur, l'étreinte libère son torse enserré, la silhouette étrangère se redresse, et déjà le trait de lumière blanche s'enfuit, rapide, en un éclair, elle a disparu le long des arbres avant qu'il ait pu lever les mains pour la retenir.

Qui était-ce ? Combien de temps l'aventure a-t-elle duré ? Étourdi, alangui, il se relève en s'appuyant à un arbre. Peu à peu la clarté d'esprit revient entre ses tempes fiévreuses : sa vie lui semble avoir progressé de mille heures d'un seul coup. Ce qu'il avait confusément imaginé au sujet des femmes et de la passion serait-il soudain devenu réalité ? Ou n'était-ce qu'un rêve ? Il passe ses mains sur son corps, sur ses cheveux. Oui, les tempes battantes sont encore humides et fraîches de la rosée de l'herbe sur laquelle les corps se sont abattus. En un éclair, tout défile devant ses yeux, il sent de nouveau la brûlure des lèvres, il respire, émanant de sa robe, le parfum étourdissant de la volupté, il tente de se rappeler chacun de ses mots. Mais aucun ne lui revient.

À présent, consterné, il prend soudain conscience qu'elle n'a pas dit un seul mot, n'a pas même prononcé son nom à lui ; qu'il ne connaît d'elle que ses soupirs expirants, que ses sanglots de plaisir, convulsivement contenus, effrayants ; qu'il ne se souvient que de l'odeur de ses cheveux défaits, de ses seins brûlants pressés contre lui, du satin nacré de sa peau ; il sait qu'il a possédé toute sa présence physique, son haleine, tous ses sens palpitants, sans avoir aucune idée de l'identité de cette femme venue dans le noir l'assaillir de son amour. Il lui faut maintenant, balbutiant, égrener des noms pour tenter de nommer ce bonheur venu le surprendre.

Alors la chose inouïe et soudaine qu'il vient de vivre avec une femme lui paraît décevante, dérisoire et bien pauvre en regard du mystère qui le contemple, étincelant dans l'obscurité, avec des yeux de sphinx. Qui était cette femme ? En quelques secondes il passe en revue toutes les personnes possibles, fait défiler devant ses yeux les portraits de toutes les femmes qui vivent ici au château ; il interroge sa mémoire sur chacune des heures passées en leur compagnie, toutes les conversations, le moindre sourire des cinq ou six femmes qui seules peuvent être impliquées dans cette énigme. La jeune baronne E., peut-être, qui apostrophait si aigrement son mari vieillissant, ou la jeune épouse de son oncle, aux yeux si doux et si brillants, ou encore – il tremble à cette pensée – l'une des trois sœurs, ses cousines, qui se ressemblent tant, avec leurs façons altières, hautaines et sèches ? Non – c'étaient là toutes des personnes à la tête froide et raisonnable. Souvent, dans ces dernières années, il s'était apparu à lui-même comme un malade, un réprouvé, depuis que d'intimes ardeurs s'étaient mises à le tourmenter, à s'enflammer dans ses rêves ; comme il enviait toutes ces personnes qui semblaient – ou étaient – si placides, ces personnes qu'épargnaient ces vertiges, ces désirs, effrayé qu'il était par l'éveil de cette sensualité, qu'il percevait comme une infirmité. Alors ?... Mais qui, qui donc, parmi toutes ces femmes, pouvait dissimuler à ce point ?

Peu à peu, cette lancinante question lui met le sang en ébullition. Il se fait tard, les lumières sont éteintes dans la salle de jeu, et lui seul veille encore au château, lui – et peut-être l'Autre, cette Inconnue. La fatigue finit par le gagner. À quoi bon se tourmenter plus longtemps ? Un regard, une étincelle entre deux paupières, la pression particulière d'une main lui révélera tout demain. Tandis qu'il monte l'escalier, il rêve ainsi que tout à l'heure quand il le descendait, et d'une façon si infiniment différente pourtant. Son sang est encore un peu agité, et sa chambre où la chaleur s'était accumulée lui paraît maintenant plus fraîche et plus claire.

Lorsqu'il s'éveille le lendemain matin, la cour retentit déjà du piétinement et du raclement des sabots des chevaux. Il entend des rires où se mêle la mention de son nom. Il se lève prestement – il a passé l'heure du petit déjeuner –, s'habille fébrilement et se précipite au rez-de-chaussée. « Quel gros dormeur ! » plaisante la baronne E. en l'accueillant, et le rire étincelle dans ses yeux. Un regard appuyé fouille son visage ; non, ce ne peut pas être elle, son rire est trop désinvolte.

« Fait de beaux rêves ? » le taquine la jeune femme, mais son corps délicat lui semble trop menu. La question, dans les yeux du jeune homme, passe de visage en visage, mais sur aucun d'eux ne répond l'écho d'un sourire.

Plus tard, on part en promenade à cheval dans la campagne. Il écoute intensément le timbre de chaque voix tandis que ses yeux sont rivés à chaque contour, à chaque ondulation des corps de femmes soulevés de selle au trot des montures ; il épie chaque flexion, chaque mouvement de bras. À l'heure du déjeuner, il se penche sur la table pendant les conversations pour discerner le parfum des lèvres, la chaude exhalaison des chevelures, mais rien, rien ne lui livre d'indice, pas la moindre trace sur laquelle ses pensées échauffées puissent se précipiter. La journée s'écoule et décline avec une lenteur exaspérante vers le soir. Quand il veut lire, les lignes s'échappent hors des marges du livre et l'entraînent soudain dans le parc, et de nouveau c'est la nuit, cette nuit singulière, et il se sent de nouveau enchaîné par les bras de l'inconnue. Le livre tombant de ses mains tremblantes, il se dirige à présent vers l'étang. Et soudain, il se retrouve, à son grand émoi, au même endroit que la veille, sur le sentier de gravier blanc. Le soir, à table, il est de plus en plus fébrile, ses mains s'affolent, s'agitent de-ci, de-là, comme fuyant des poursuivants, ses yeux osent à peine se glisser de dessous ses paupières. Enfin, oh ! enfin, quand les autres convives écartent leur chaise de la table, l'instant qu'il attend est venu, il se précipite hors de la salle à manger et vole vers le parc, y entre, parcourt cent fois, mille fois l'allée qui, sous la brume laiteuse et opalescente, éclaire ses pas. Les lumières sont-elles allumées dans le salon ? Oui, les flambeaux l'éclairent enfin et quelques fenêtres aveugles s'allument au premier étage. Les dames se sont retirées dans leur chambre. Plus que quelques minutes si elle veut bien venir. Mais l'impatience exacerbée étire chaque minute à rompre le fil du temps. De nouveau, il fait les cent pas, comme un pantin qu'une main mystérieuse agite en tirant ses ficelles.

Puis soudain, la silhouette blanche passe en un éclair sur le perron qu'elle descend bien trop vite pour qu'il puisse discerner ses traits. Tel un voile couleur de lune, une écharpe perdue flottant parmi les arbres, hâtive, portée par un coup de vent, la voici dans ses bras qui se referment, avides comme des serres, autour de ce corps éperdu, palpitant, enfiévré par la course rapide. Comme la veille, en un seul instant, cette vague chaude s'abat sur sa poitrine, le choc est si puissant qu'il se sent défaillir sous la douce violence de l'assaut. Il va se laisser entraîner par des flots qui l'emportent vers une jouissance aveuglante. Mais il chasse soudain l'ivresse et retient son ardeur. Non, ne pas se laisser aller à cette indicible volupté, ne pas céder à ces lèvres qui l'aspirent, avant de savoir quel nom porte ce corps qui se presse contre lui si étroitement qu'il croit sentir cet autre cœur battant retentir dans sa propre poitrine ! Il détourne la tête de son baiser pour apercevoir le visage : mais les ombres conjuguées à cette chevelure sombre le couvrent d'un jour incertain. La ramure des arbres est trop dense et trop faible la lueur de la lune ennuagée. Il n'aperçoit que des yeux de braise, brillant comme des escarboucles enfoncées dans une pâleur marmoréenne.

Il voudrait entendre ne fût-ce qu'un mot, une bribe arrachée à sa voix. « Qui es-tu, dis-moi qui tu es ? » questionne-t-il avec insistance. Mais de cette bouche chaude et tendre ne s'épanchent que des baisers, aucune parole. Il veut lui arracher un mot, un cri de douleur, il broie un bras, y enfonce ses ongles dans la chair, mais c'est de sa propre poitrine qu'il tire un gémissement, il sent l'haleine brûlante et la chaleur de ces lèvres obstinément muettes, qui geignent parfois, sans qu'il puisse savoir si c'est de douleur ou de volupté. De ne pas pouvoir plier cette volonté farouche, que cette femme sortie de l'ombre puisse le prendre en refusant de se dévoiler, avoir sous son empire ce corps qui le désire sans posséder son nom, tout cela le rend fou. L'irritation le gagne et il résiste à ses embrassements ; mais elle, sentant sa résistance mollir et consciente qu'il va céder, caresse ses cheveux d'une main fébrile, douce et conciliante. Et au moment où ses doigts le frôlent, il sent sur son front un léger cliquetis métallique, un médaillon, une pièce de monnaie attachée en pendentif à son bracelet. Une idée jaillit en lui. Feignant d'être mû par la passion, il s'empare de sa main et la presse contre son bras à demi dénudé, assez fort pour que la pièce de monnaie s'imprime profondément dans sa chair. À présent qu'il possède une marque sûre, son corps enflammé s'abandonne au désir qu'il ne contient pas plus longtemps. Il peut à présent pénétrer profondément son corps, boire sur ses lèvres les soupirs de volupté, se ruer dans ce mystérieux désir de braise d'une étreinte muette qui l'enchaîne.

Et lorsque, comme la veille, elle se détache

subitement de lui et s'enfuit, il ne cherche pas à la retenir car il brûle de curiosité et veut découvrir la marque imprimée. Il se précipite dans sa chambre, augmente la flamme de sa lampe et se penche avidement sur l'empreinte dont la pièce de monnaie a marqué son bras.

Elle n'est plus entièrement visible, son contour est en partie effacé, mais un angle a laissé une marque rouge très précise, parfaitement discernable. La pièce présente un tracé anguleux, elle est de taille moyenne, celle de un penny environ, mais d'épaisseur plus importante, car l'empreinte correspondante qu'elle a creusée dans sa peau est encore profonde. La marque brûle comme du feu tandis qu'il la contemple, fasciné, puis soudain elle lui fait mal comme une plaie, et la brûlure ne cesse qu'après qu'il a baigné son bras dans l'eau froide. C'est un médaillon octogonal : à présent il en est sûr. Le triomphe brille dans ses yeux. Demain il saura tout. Le lendemain matin, il est un des premiers à la table du petit déjeuner. Les seules dames présentes sont une demoiselle d'un certain âge, sa sœur et la baronne E. Elles bavardent avec entrain, sans prêter attention au nouvel arrivant. Il peut d'autant mieux les observer. Son regard glisse rapidement sur le poignet délicat de la baronne : elle ne porte pas de bracelet. Alors seulement il peut s'entretenir sans arrière-pensée avec elle, mais ne peut s'empêcher de laisser son regard s'évader à tout instant vers la porte. Les trois sœurs, ses cousines, entrent toutes les trois ensemble. Il s'agite de nouveau. Il aperçoit vaguement, sous les manches, leurs bijoux, mais elles s'installent trop rapidement à table, d'abord Kitty, aux cheveux châtains, juste en face de lui, puis Margot la blonde, et Élisabeth dont les cheveux sont si clairs qu'ils ont un reflet argenté dans l'obscurité et brillent comme une coulée d'or au soleil. À leur habitude, elles sont réservées, froides, silencieuses, drapées dans leur dignité, ce qui lui déplaît tant en elles, car elles ne sont guère plus âgées que lui et, à peine quelques années plus tôt, ils étaient encore compagnons de jeux. La jeune épouse de son oncle n'est pas encore arrivée. Le cœur du garçon s'impatiente, sentant arriver la minute de vérité, et soudain il trouve du plaisir au tourment de l'énigme. Mais son regard parcourt le tour de la table et continue de fouiller la clarté des mains de femmes, calmement posées ou voguant lentement dans l'air tels des navires dans la baie scintillante. Il ne voit que les mains, qui à présent lui apparaissent comme des êtres autonomes, des silhouettes en mouvement sur une scène de théâtre, chacune ayant sa vie et son âme propres. Pourquoi sent-il son sang battre ainsi contre ses tempes ? Le cœur lui manque quand il s'aperçoit que ses trois cousines portent des bracelets, et la certitude soudain le bouleverse qu'il pourrait s'agir de l'une de ces trois femmes hautaines, apparemment au-dessus de tout soupçon, qu'il a toujours connues, même dans l'enfance, distantes et réservées. Laquelle était-ce ? Kitty, qu'il connaît le moins bien parce qu'elle est l'aînée, la revêche Margot ou la petite Élisabeth ? Il n'ose fixer son souhait sur aucune des trois. Tout au fond de lui, il voudrait que ce ne soit aucune d'elles, ou alors ne pas le savoir. Mais de nouveau, la curiosité est plus forte.

« Pourrais-je avoir une tasse de thé, Kitty ? » Sa voix rauque semble charrier du gravier. Il présente sa tasse, elle doit lever le bras, le tendre par-dessus la table jusqu'à lui. Là ! il voit un médaillon pendre au cercle du bracelet, sa main se fige une seconde, mais non, il s'agit d'une pierre verte tintant comme de la porcelaine, dans un sertissage oblong. Il remercie Kitty d'un regard caressant sur ses cheveux bruns.

Il retient son souffle un instant.

« Puis-je te prier de me donner un morceau de sucre, Margot ? » Une main étroite, à l'autre bout de la table, s'anime, se déplace, enserre un sucrier d'argent et le lui tend. Et là – sa main est prise d'un tremblement en approchant du sucre – il voit, à l'endroit où le poignet disparaît sous le bord de la manche, pendant à un bracelet de joncs d'or finement entrelacés, une vieille pièce de monnaie d'argent de forme octogonale, de la taille de un penny, un bijou de famille, visiblement. Octogonale, c'est sûr, avec des angles bien marqués, qui la veille se sont enfoncés dans sa chair. Sa main continue de trembler, il s'y reprend à deux fois pour saisir de la pince un morceau de sucre qu'il lâche dans sa tasse, oubliant ensuite de boire son thé.

Margot ! Le nom brûle ses lèvres, un nom qui jaillit presque dans une exclamation tant il est bouleversé ; il parvient à retenir son cri. À présent, il l'entend parler, et sa voix lui paraît aussi étrangère que celle d'un orateur à la tribune – une voix posée, sans trouble, où perce une légère ironie, portée par un souffle régulier, et devant le terrible gouffre du mensonge de sa vie, il est presque saisi d'horreur. Est-ce vraiment la même, cette femme dont hier il étouffait les gémissements, dont il buvait les lèvres humides, qui, la nuit, s'est jetée sur lui avec l'avidité d'un rapace ? Il ne peut détourner les yeux de ces lèvres. Oui, le défi, la duplicité, cela s'accorderait parfaitement à ces lèvres dures, mais la passion, quels traits pourraient la lui trahir ?

Il s'absorbe dans la contemplation de son visage comme s'il le découvrait. Et pour la première fois, avec une jubilation, une émotion de bonheur qui le met au bord des larmes, il voit combien elle est belle dans sa fierté, combien elle est attirante dans son mystère. Ses yeux suivent avec volupté la courbe de ses sourcils, d'abord leur arc arrondi, puis s'élevant vers le front, leur arc brisé, ils se plongent dans la froide agate de ses prunelles gris-bleu, caressent la peau claire et diaphane de ses joues, ils imaginent le galbe doux, dans le baiser, de ses lèvres à présent tendues pour parler ; puis le regard du jeune homme se perd dans ses cheveux clairs et, d'un mouvement rapide l'englobant toute, capte sa silhouette tout entière. Jusqu'à cette seconde, il ne l'avait jamais connue. Quand il se lève de table, ses genoux vacillent. Comme d'un vin trop lourd, il est ivre de sa contemplation.

Mais déjà sa sœur l'appelle depuis la cour. Les chevaux sont sellés pour la promenade matinale, ils piétinent d'impatience et mordillent leur bridon. Vite, on monte en selle, l'un après l'autre, et le brillant cortège s'ébranle et s'éloigne dans l'allée centrale du parc. D'abord au petit trot, dont le rythme égal et paresseux s'accorde si peu avec le battement débridé de son cœur. Mais une fois la grande grille du portail franchie, les cavaliers laissent la bride sur le cou à leur monture et s'élancent de part et d'autre de la route à travers champs d'où monte encore la vapeur du matin. La nuit a dû laisser une rosée abondante car sous le voile vaporeux le sol étincelle en gouttelettes de diamants et l'air est délicieusement frais comme aux abords d'une cascade. Le groupe s'éparpille bientôt, le cortège se détache en tronçons colorés, quelques cavaliers ont déjà disparu parmi les collines, dans la forêt.

Margot se trouve dans le groupe de tête ; elle aime la vitesse, le vent vif qui fouette et embroussaille ses cheveux, l'agréable sensation de s'élancer au-devant au grand galop. Le garçon se lance à sa poursuite : devant lui, il suit des yeux son buste fièrement dressé, son corps harmonieusement balancé par le mouvement vigoureux ; parfois, il aperçoit son visage rose d'animation, ses yeux qui brillent et, tandis qu'elle exprime sa passion de toute sa force, oui, maintenant, il la reconnaît. Un désir insupportable le tenaille. Une impérieuse envie le prend de la saisir dans ses bras, là, maintenant, l'enlever de sa selle, boire de nouveau à ses lèvres indomptables, sentir contre sa propre poitrine les battements qui ébranlent son sein fougueux. Un coup de badine sur le flanc et son cheval, hennissant, bondit en avant. À présent il est à sa hauteur, presque genou contre genou. Leurs étriers tintent l'un contre l'autre. Il faut qu'il le dise, maintenant, il doit le dire. « Margot », parvient-il à murmurer. Elle tourne son visage vers lui. Un mouvement de son sourcil arqué marque son étonnement. « Plaît-il, Bob ? » répond-elle avec froideur. La même froideur est dans l'éclat de ses yeux. Un frisson lui parcourt tout le corps. Qu'avait-il voulu dire ? Il ne le sait plus. « Il faudrait rebrousser chemin », bredouille-t-il. « Es-tu fatigué ? » dit-elle, et il croit sentir percer un peu de moquerie dans sa voix. « Non, mais les autres sont très loin derrière nous », répond-il toujours en se forçant. Un moment encore, il sent qu'il est sur le point de faire un geste fou, de tendre les bras vers elle, ou de se mettre à pleurer, ou encore de la frapper de sa badine qui tremble comme électrisée dans sa main. D'un mouvement brusque, il retient la bride de son cheval qui, sur le moment, se cabre. Elle continue sa route, impétueuse, le buste droit, fière, inaccessible.

Les autres cavaliers le rejoignent bientôt. Autour de lui bourdonnent des bribes d'échanges animés, mais les mots et les rires résonnent à ses oreilles aussi dénués de sens que le bruit sec des sabots. Il s'en veut de ne pas avoir osé lui déclarer son amour, su obtenir d'elle son aveu, et son désir d'elle de plus en plus violent projette devant ses yeux comme un ciel rouge embrasant le paysage. Pourquoi n'a-t-il pas su trouver pour lui parler ce même ton de sarcasme hautain avec lequel elle l'a traité ? Sans s'en rendre compte, il pousse sa monture et ne peut se calmer qu'en sentant sur son visage siffler le vent de la course effrénée. Ses compagnons le rappellent alors. Le soleil a poursuivi sa course et culmine au-dessus de la colline, il est midi. Une vapeur parfumée monte des champs, les couleurs sont plus vives et blessent les yeux comme une coulée d'or. L'air devient plus chaud, plus lourd, les chevaux fatigués ralentissent l'allure, fumant de sueur, cherchant leur souffle. La troupe se reforme peu à peu, les joyeuses exclamations de la conversation s'alanguissent.

Margot est réapparue. Son cheval écume. Sur la robe de la cavalière frémissent des flocons blancs et le nœud serré de son chignon menace de se défaire, les épingles ont glissé dans la course. Le jeune homme, fasciné, a les yeux rivés sur le fragile arrangement des cheveux blonds, et l'idée qu'il pourrait soudain s'écrouler, livrant au vent les torsades farouches, le rend fou d'excitation. Déjà on aperçoit au bout de la grande allée cavalière l'arc clair de la grille du jardin au-delà de laquelle s'ouvre l'allée menant au château. Guidant avec adresse son cheval, le garçon dépasse la colonne pour arriver le premier, saute de selle, jette les guides au valet qui arrive en courant, et attend le groupe des cavaliers. Margot arrive au petit trot parmi les derniers, le corps abandonné, légèrement penché en arrière, épuisée comme après l'extase amoureuse. C'est ainsi qu'elle devait être, songe-t-il, après l'ivresse, c'est ainsi qu'elle a dû être hier, avant-hier. Ce souvenir déchaîne ses sens exacerbés. Il va sans tarder à sa rencontre. Le souffle court, il l'aide à descendre de cheval.

Tandis qu'il maintient l'étrier, il lui enserre d'une main fébrile la fine cheville. « Margot », murmure-t-il d'une voix éteinte. Elle ne répond pas même d'un regard et, froidement, saisit pour sauter la main qu'il lui tend.

« Margot, comme tu es belle », et ces mots sortent avec peine de sa bouchc. Elle lui jette un regard sévère, hausse un sourcil réprobateur. « Je crois que tu as bu, Bob ! Tu dis des sottises ! » Mais lui, s'indignant de sa dissimulation, aveuglé de passion, presse contre son cœur la main qu'il retient encore comme s'il voulait l'incruster dans sa poitrine. Margot, rouge de colère, le repousse d'une bourrade brutale qui le fait vaciller, le laisse sur place, et s'éloigne à grands pas. Tout cela s'est passé si rapidement, si brusquement, que personne n'en a rien remarqué et que lui-même croit qu'il vient de faire un mauvais rêve.

Tout le reste du jour, il est si pâle, si nerveux, que la blonde comtesse lui caresse en passant les cheveux et lui demande s'il se sent bien. Il est si irascible, aujourd'hui, qu'il écarte son chien d'un coup de pied quand l'animal vient lui faire fête. Au jeu, il est si maladroit que les jeunes filles se moquent de lui. La pensée que ce soir elle ne viendra pas empoisonne son sang, l'irrite et le met dans une humeur massacrante. Ils prennent le thé dans le jardin, tous ensemble, Margot est placée face à lui, mais n'a pas un regard pour lui. Une fascination magnétique attire le sien, tremblant, vers ses yeux, des yeux sans écho, glacés comme des pierres grises. Une rancœur l'envahit, contre elle, qui se joue ainsi de lui. Lorsqu'elle change de place d'un mouvement brusque, son poing se serre et il sent qu'en cette seconde, il pourrait froidement l'assommer.

« Qu'as-tu donc, Bob, tu es tout pâle ? » dit soudain une voix qui s'adresse à lui. C'est la petite Élisabeth, la sœur de Margot. Ses yeux sont animés d'une chaude et tendre lumière, mais il ne le remarque pas. Il se sent en quelque sorte mis à nu et répond, furieux : « Laissez-moi donc tranquille, à la fin, avec votre sollicitude pénible. » Déjà, il regrette ses mots car Élisabeth blêmit, lui tourne le dos, tout en disant, des larmes dans la voix : « Tu es vraiment étrange, et même plus qu'étrange. » Tous le regardent d'un air réprobateur, presque hostile, et lui-même est conscient de l'incorrection de sa conduite. Mais avant même qu'il ait pu s'excuser, parvient d'un autre point de la table une voix dure, tranchante, coupante comme le fil d'un couteau, la voix de Margot : « Je trouve en effet que Bob est très mal élevé et oublie son âge. On a tort de le traiter en gentleman ou même en adulte. » Et c'est Margot qui dit cela, Margot qui, la nuit dernière, lui offrait encore ses lèvres. Tout tourne autour de lui, un voile se déploie devant ses yeux. La colère l'emporte. « C'est bien à toi de parler comme ça, justement toi ! » assène-t-il sur un ton mauvais avant de se lever. En faisant ce mouvement brusque, il renverse son fauteuil et part sans se retourner.

Et pourtant, si insensé que cela lui paraisse à lui-même, le soir, il est de nouveau en bas dans le jardin, priant le Ciel qu'elle voulût bien venir. Malgré ce qu'il y a de dissimulation et de provocation dans sa conduite, non, il ne la questionnerait pas, il cesserait de la tourmenter, pourvu qu'elle veuille seulement venir, pourvu qu'il puisse sentir sur sa bouche le désir exacerbé de ces lèvres tendres, fraîches, un désir réduisant toutes les questions au silence. Les heures semblent s'être endormies ; la nuit s'étend devant le château comme un animal paresseux allongé sur le sol : le temps s'étire à faire craquer les nerfs. Le garçon imagine entendre des voix sarcastiques dans le murmure de l'herbe, tout autour, il croit voir dans les branches et les rameaux des mains moqueuses qui s'agitent légèrement et jouent avec leur ombre et le doux scintillement des lueurs nocturnes. Les bruits sont estompés, déformés, ils sont plus douloureux à l'ouïe que ne le serait le silence. Là-bas un chien se met à aboyer tandis qu'une étoile filante traverse le ciel et termine sa course en plongeant quelque part derrière le château. La nuit devient de plus en plus claire et fait paraître plus sombres les ombres des arbres projetées sur l'allée, toujours plus indistincts tous ces bruissements légers. Puis les nuages naviguant dans le ciel s'épaississent de nouveau, l'obscurcissant d'une couverture maussade qui absorbe la lumière. Une solitude langoureuse pèse sur le cœur fiévreux.

Le garçon va et vient. Ses pas sont de plus en plus rapides et impatients. Parfois, il frappe un arbre avec sa badine, il arrache à mains nues des morceaux d'écorce et les écrase avec colère jusqu'à s'en écorcher la peau. Non, elle ne viendra pas, il le savait bien, mais il ne veut toujours pas le croire, car si elle ne vient pas cette fois-ci, c'est qu'elle ne viendra jamais, plus jamais. C'est l'heure la plus cruelle de sa vie. Sa passion est si jeune encore qu'il se jette avec rage sur la mousse humide, griffant le sol, fouillant la terre de ses doigts, les joues ruisselantes de larmes, puis sanglotant tout bas d'amer chagrin comme jamais il n'a pleuré quand il était enfant, comme jamais il ne le fera plus de sa vie.

Soudain, un léger craquement dans le sous-bois l'arrache à son désespoir. Et lorsqu'il se lève d'un bond, tendant ses mains devant lui comme un aveugle dans le noir, il tient de nouveau dans ses bras – et quel prodige que cet assaut bouillant contre sa poitrine ! – le corps qu'il désire dans ses rêves les plus fous. Un sanglot jaillit de sa gorge, tout son être n'est plus qu'une énorme convulsion, il serre contre lui si impérieusement ce corps sculptural qu'il arrache un gémissement aux lèvres muettes de la femme. Et lorsqu'il l'entend gémir sous sa force, pour la première fois, il a le sentiment qu'il la possède en maître, qu'il n'est plus, comme hier, comme avant-hier, le jouet de son caprice ; il est saisi d'un violent désir de lui faire mal autant que lui-même a souffert pendant toutes ces longues heures, de la punir de son dédain, des mots de mépris qu'elle a eus pour lui ce soir en public, du jeu de mensonge et de duplicité où elle vit. La haine est si intimement mêlée à son désir brûlant pour elle que cette étreinte est plus un combat qu'un tendre embrassement. Il saisit ses poignets délicats et les tord si brutalement en arrière que tout son corps, gémissant, tremblant, s'arc-boute, puis il l'écrase si fougueusement de son propre corps, l'emprisonnant si étroitement qu'elle continue seulement à gémir, il ne sait si c'est de plaisir ou de douleur. Mais il ne peut lui extirper un seul mot. Et quand, à présent, de ses lèvres, il comprime et aspire les siennes pour les empêcher même d'exhaler ce sourd gémissement, sa propre bouche s'emplit du goût tiède du sang, du sang qui sourd de ses lèvres qu'elle s'est profondément mordues de douleur. Il continue à la tourmenter jusqu'au moment où il sent soudain sa propre force l'abandonner tandis que le submerge la vague brûlante de la jouissance, et les voici maintenant tous deux cherchant à reprendre souffle, corps contre corps. La nuit s'est incendiée, des étoiles clignotent devant les yeux du garçon, tout se mêle, ses pensées tourbillonnent sans pouvoir se fixer, et tout cela porte un nom : Margot. D'une voix étouffée, de toute son âme, dans une ardente ivresse, ce nom jaillit enfin de ses lèvres, triomphe et désespoir, désir inassouvi, haine, colère et amour tout à la fois, dans un seul cri qui contient tout le tourment de ces trois journées : Margot, Margot, et dans ces deux syllabes vibre pour lui la musique du monde.

Le corps de la femme est comme frappé par la foudre. Soudain se fige la fougue de l'enlacement, d'un seul coup, brusque, rapide, un sanglot, des pleurs violents jaillissent de sa gorge et déjà le feu fait rage en elle, mais c'est pour s'arracher à lui, se dégager d'un contact odieux. Il tente de la retenir, mais elle se débat, et quand il fait ployer son visage vers lui, il sent des larmes de colère tomber sur ses joues, et son corps arc-bouté se rejette en arrière comme celui d'un serpent. Puis soudain, avec un violent rejet de haine, elle lui échappe et s'enfuit. La lueur de sa robe blanche, qui disparaît comme une tache claire parmi les arbres, se noie rapidement dans l'obscurité.

Et le voici seul de nouveau, abasourdi, consterné comme la première fois où l'ardeur et la passion s'étaient échappées de ses bras en un éclair. Ses regards ne rencontrent plus que la faible lueur moite des étoiles, et son crâne est en feu, le sang martèle ses tempes. Que lui est-il arrivé ? Il se dirige à tâtons parmi les rangées d'arbres plus clairsemées vers l'intérieur du parc, où il sait une petite source jaillissante, et laisse ruisseler son eau sur sa main, une eau opalescente, argentée, qui, sous le reflet de la lune peu à peu sortie de son sommeil ennuagé, prend un éclat féerique et lui murmure des choses tendres. Et à présent que son regard est plus lucide, comme sous l'effet d'un charme, il éprouve une poignante tristesse que la brise aurait abattue sur lui du haut de la ramure. Un flot brûlant de larmes s'épanche de sa poitrine, et il sent à présent plus fortement, plus vivement que dans les instants d'étreinte convulsive, à quel point il aime Margot. Il s'est dépouillé de toutes les sensations qui ont précédé, l'ivresse, le frisson et le spasme de la possession, de la colère de n'avoir pu obtenir son secret : c'est un amour doux et langoureux qui s'est emparé de tout son être, un amour déjà presque sublimé mais d'une force toute-puissante.

Pourquoi l'a-t-il ainsi torturée ? Ne lui a-t-elle pas révélé des choses indicibles au cours de ces trois nuits, n'a-t-elle pas fait basculer sa vie d'un morne crépuscule dans une éblouissante et dangereuse lumière depuis qu'elle l'a initié aux caresses et au bouleversant frisson de l'amour ? Or elle l'a quitté dans les larmes et la colère ! Un tendre et irrésistible besoin de réconciliation grandit en lui, le besoin d'un mot apaisant, consolateur, le désir de la tenir paisiblement dans ses bras et de lui dire toute sa gratitude. Oui, il ira la trouver, en toute humilité, il lui dira que son amour est pur et qu'il ne prononcera plus jamais son nom, ne cherchera plus à lui arracher un secret qu'elle veut garder.

La source murmure, argentée, il songe alors aux larmes qu'elle verse peut-être en ce moment toute seule dans sa chambre, et seule l'écoute peut-être la nuit chuchotante, la nuit qui nous entend tous et ne console personne. Être si loin d'elle et si proche en même temps, sans pouvoir contempler la soie claire de ses cheveux, entendre ne fût-ce qu'un mot de sa voix, emporté par le vent, être pourtant si étroitement lié à elle par chaque fibre de leurs âmes, tout cela lui devient une torture insupportable. Irrésistiblement, le besoin de sa proximité s'impose à lui, fût-ce couché devant sa porte comme un chien, fût-ce debout sous sa fenêtre tel un mendiant.

Tandis qu'il se glisse prudemment hors de l'ombre du parc, il voit qu'une lumière brûle encore à sa fenêtre, au premier étage. C'est une faible lueur qui jette un pâle reflet jaune sur les feuilles du grand érable dont les branches frôlent sa fenêtre comme des mains qui voudraient frapper au petit carreau éclairé, énorme présence noire, épieuse, qui tantôt s'approche et tantôt s'éloigne, au gré de la brise. Et la pensée que Margot veille derrière cette vitre, que peut-être elle pleure ou pense encore à lui, bouleverse à ce point le garçon qu'il vacille et doit s'appuyer contre l'arbre.

Il ne peut détacher de la fenêtre son regard fasciné. Les rideaux blancs remuent, jouent avec le vent par le battant entrouvert, tantôt colorés d'or sombre par la chaude lueur de la lampe, tantôt colorés d'argent lorsque, s'aventurant au-dehors, ils frôlent un rayon de lune qui s'infiltre à travers le feuillage. Et la face intérieure de la vitre reflète ce libre mouvement, ce jeu fluctuant d'ombres et de lumière, telle une projection sur un écran. Mais pour le garçon qui, en bas, dans l'ombre, fixe à présent de ses yeux enfiévrés ce qui se joue à l'étage, c'est son destin qui s'inscrit en lettres énigmatiques sur un mur blanc. La danse fluide des ombres, l'éclat argenté qui passe comme une fumée légère sur la surface claire, ce spectacle mouvant s'inscrit dans son imagination telles des images animées. Il voit la belle Margot, sa haute silhouette, sa chevelure, oh, sa chevelure blonde éployée, sauvage, il la voit, projetant sur elle la propre agitation de son sang, aller et venir dans sa chambre, il la voit, dans la fièvre de sa passion de femme, encore pleurer de colère. Comme à travers un verre grossissant, il perçoit à présent le moindre de ses mouvements entre les hauts murs de sa chambre, la nervosité de ses mains, la voit se laisser tomber sur un siège, voit son regard désespéré, muet, scruter le ciel étoilé, sa blancheur lactée. Un instant même, où la vitre s'éclaire plus vivement, il croit discerner son visage qui se penche avec anxiété pour scruter le jardin endormi, le chercher, lui, des yeux. Alors, son indomptable sentiment est plus fort que lui, il lance son nom vers elle, d'une voix retenue mais instante : « Margot !… Margot !… »

N'a-t-il pas vu passer, fugace, l'éclat blanc d'une écharpe vaporeuse, sur la surface réfléchissante ? Il croit bien l'avoir vu nettement. Il écoute. Mais rien ne bouge. Derrière lui il perçoit le souffle léger des arbres ensommeillés et le doux froissement de soie de l'herbe bercée par le vent alangui, tantôt plus près, tantôt plus loin, en vague tiède dont le bruit enfle et mollit doucement. La nuit respire, calme, et la fenêtre reste muette, cadre d'argent entourant un portrait obscurci. Ne l'a-t-elle pas entendu ? Ou bien ne veut-elle plus rien entendre de lui ? Cette lueur tremblante autour de la fenêtre trouble son esprit. Son cœur battant chasse à grands coups son désir hors de sa poitrine contre l'écorce de l'arbre qu'on dirait émue devant une passion si fougueuse. Il ne sait qu'une chose, c'est qu'il doit la voir sur-le-champ, lui parler sur-le-champ, dût-il crier son nom à ameuter les gens, à les sortir de leur lit. Il sent à présent qu'il faut que quelque chose advienne, le plus fou lui semble le plus juste, et comme dans les rêves, tout lui semble accessible et facile à faire. Et tandis que son regard s'élève une fois encore vers la fenêtre, il voit soudain l'arbre incliné vers elle diriger sa branche comme pour lui indiquer le chemin : aussitôt sa main s'agrippe plus fortement à l'arbre. Soudain, sa décision est prise : il grimpera jusqu'à elle – certes le tronc est large, mais il lui semble d'une prise facile et douce –, il l'appellera de là-haut, de tout près de sa fenêtre ; là, près d'elle, il lui parlera et ne redescendra pas avant qu'elle lui ait pardonné. Il n'hésite plus une seconde, il ne sent plus que l'attraction de la fenêtre, faiblement éclairée, il sait que l'arbre est son allié, large et vigoureux, prêt à le porter. Quelques prises rapides pour se hisser, encore un rétablissement pour atteindre les branches, il se suspend à une grosse branche par les mains puis, à la force des bras, fait suivre son corps agile. Le voici suspendu tout en haut, presque à l'extrémité des branches, qui frissonnent, apeurées. Telle une onde bruissante, le frisson se propage jusqu'au plus haut de la feuillée, et la branche inclinée devant la fenêtre se penche plus bas comme pour avertir la jeune femme, qui ne se doute de rien. Le grimpeur aperçoit déjà le plafond blanc de la chambre et, en son milieu, le cercle brillant de la lumière d'or de la lampe. Il sait que dans une seconde il la verra en personne, pleurant ou sanglotant sans bruit, il verra son corps éperdu de désir. Ses bras mollissent, mais il se reprend. Il se glisse prudemment le long de la branche qui descend vers sa fenêtre, ses genoux sont écorchés et saignent un peu. Il s'est fait une entaille dans la main, mais poursuit l'escalade et déjà se trouve presque dans la lumière de la fenêtre toute proche. Un épais rameau de feuillage l'empêche encore de voir, lui cache la vue qu'il convoite si ardemment, et au moment où il tend la main pour l'écarter, s'exposant alors pleinement aux rayons de lumière, tandis qu'il se penche en avant, tremblant – son corps vacille, il perd l'équilibre et choit dans un tournoiement.

Sa chute sur le gazon produit un bruit sourd, un bruit de fruit trop lourd tombé de sa branche. À l'étage, une silhouette se penche par la fenêtre pour jeter un regard inquiet, mais l'obscurité est immobile et calme comme le miroir d'un étang qui vient d'engloutir un noyé. Peu après, en haut, la lumière s'éteint et le jardin reprend son aspect spectral, incertain, crépusculaire, peuplé d'ombres muettes.

Après un évanouissement de quelques minutes, le grimpeur tombé de l'arbre reprend conscience. Son œil désorienté fixe un bref instant le ciel pâle d'où quelques étoiles égarées posent sur lui leur regard froid. Il ressent alors au pied droit une douleur violente, fulgurante, telle qu'il doit retenir un cri quand il tente prudemment un premier mouvement. Il comprend alors seulement ce qui vient de lui arriver. Aussitôt, il sait qu'il ne doit pas rester étendu ici, sous la fenêtre de Margot et qu'il ne peut appeler à l'aide ni faire le moindre bruit. Une blessure saigne à son front. Sur la pelouse, il a dû heurter un caillou ou un morceau de bois. Il essuie le sang d'un revers de main, pour l'empêcher de couler dans ses yeux. Ensuite, replié sur le flanc droit, enfonçant ses doigts dans la terre, il s'efforce de se déplacer en rampant sur les mains. Chaque ébranlement ou effleurement de la jambe brisée déclenche une telle douleur qu'il craint à tout moment de perdre conscience de nouveau. Mais peu à peu – il lui faut près d'une demi-heure – il se traîne jusqu'au pied du perron, où il sent ses bras se paralyser. Une sucur froide se mêle sur son front au sang visqueux qui continue de couler goutte à goutte ; il reste encore une dernière étape à franchir, la pire : les marches, qu'à grand-peine il réussit à grimper au prix de douleurs indicibles. Au moment où il franchit la dernière marche et saisit la rampe d'une main tremblante, son souffle n'est plus qu'un râle. Il réussit à se traîner sur les quelques pas qui le séparent de la porte de la salle de jeu, encore éclairée, où il entend qu'on parle. Il se redresse, s'agrippant à la poignée de la porte, qui cède et le projette brusquement à l'intérieur de la salle illuminée, où il s'effondre.

Quel spectacle effrayant faut-il qu'il ait offert aux gens assemblés en s'affalant sur le sol, le visage ensanglanté, maculé de terre, pour que les messieurs bondissent affolés en renversant leur siège, chacun se précipitant pour lui venir en aide. On le transporte avec précaution sur un canapé. Il parvient encore péniblement à expliquer qu'il est tombé dans l'escalier alors qu'il voulait descendre au parc, puis un voile noir lui obscurcit la vue, mouvant, frémissant et finit par l'envelopper tandis qu'il perd connaissance et sombre dans l'inconscience.

On selle un cheval, un cavalier vole à l'endroit le plus proche pour ramener un médecin. Tout le château s'éveille, alarmé, et s'anime de lueurs fantomatiques : telles des lucioles, des lumières tremblantes parcourent les couloirs, on chuchote, on s'interroge sur le seuil des chambres, les valets arrivent, effarés, mal réveillés, enfin on monte le garçon inanimé dans sa chambre.

Le médecin diagnostique une fracture à la jambe et rassure tout le monde : la blessure est sans danger. Mais l'accidenté devra garder la chambre, sa jambe un long temps immobilisée par un bandage rigide. Quand il entend la prescription, le garçon a un sourire las. Elle ne lui coûte guère : quel délice de rester au lit, seul, loin des rumeurs et des gens, dans une haute chambre claire près du murmure du feuillage des arbres, pour rêver à la femme qu'on aime ! Comme il est doux, sans être dérangé, de revoir toute l'histoire dans sa tête, de rêver tendrement à elle, dégagé des tâches et obligations qu'on a en société, d'être enfin seul avec les douces rêveries qui viennent à votre chevet dès qu'on ferme les yeux un instant. L'amour n'a peut-être rien de plus délicieux à offrir que ces instants de rêves aux couleurs pastel, dans la pénombre.

Il souffre encore beaucoup les premiers jours. Mais une singulière volupté se mêle à cette souffrance. La pensée que c'est pour Margot qu'il souffre, pour celle qu'il aime, inspire au garçon un sentiment très romantique d'exaltation, rehausse l'idée qu'il a de lui. Il ne lui aurait pas déplu, se dit-il, de s'être fait une blessure sanglante au visage, qu'il aurait pu arborer au grand jour, comme un chevalier arbore les couleurs de sa dame ; ou encore de ne s'être plus réveillé du tout, d'être resté inanimé, fracassé sous sa fenêtre. Dans sa rêverie, il l'imagine, se réveillant le lendemain matin au tumulte des cris et des appels, se penchant alors au carreau et l'apercevant sous sa fenêtre, mort fracassé par amour pour elle. Il la voit s'effondrer dans un cri ; il entend son long cri aigu, la voit plus tard dans son désespoir, son noir chagrin, la voit portant son deuil, durant toute une vie brisée, avec une expression de gravité, d'amertume, voit ses lèvres frémir quand on l'interroge sur la raison de sa douleur.

Il rêve ainsi pendant des jours, d'abord dans l'obscurité, puis bientôt les yeux ouverts, accoutumé à présent au souvenir charmant de la chère image. Aucune heure n'est trop claire ni trop bruyante pour l'empêcher de voir sa silhouette passer sur ses murs, venir lui rendre visite, ou de distinguer au-dehors sa voix s'élevant dans le murmure ruisselant des feuilles ou le crissement du gravier quand le soleil est à son zénith. Il s'entretient ainsi pendant des heures avec Margot, ou s'imagine faisant route avec elle pour de fabuleux voyages. Mais parfois il sort comme égaré de ces rêveries. Le pleurerait-elle vraiment ainsi ? Se souviendrait-elle même de lui ?

Certes, elle vient parfois rendre visite au malade. Souvent, alors qu'il s'entretient en pensée avec elle et qu'il croit voir sa silhouette claire se tenir devant lui, la porte s'ouvre et elle entre, altière, belle, mais différente de la personne de ses rêves. Car elle n'a pas cette douceur, ne se penche pas sur lui, émue, pour un baiser sur son front, comme la Margot du rêve, mais s'assoit simplement près de sa méridienne et lui raconte toutes sortes de bagatelles. En sa présence, sa confusion et son émotion sont si grandes qu'il n'ose pas lever le regard vers elle ; souvent il ferme les yeux pour mieux entendre sa voix, mieux s'imprégner de la musique de ses paroles, cette musique unique qui vibre à son oreille des heures encore après son départ. Il hésite à lui répondre, préférant garder le silence pour mieux l'entendre respirer et jouir plus profondément de sa compagnie, seule à seul dans l'espace de la pièce, dans l'univers. Et quand elle se lève et se dirige vers la porte, il se redresse péniblement, malgré la douleur, pour imprimer en lui une fois encore toutes les lignes mouvantes de sa silhouette, l'embrasser des yeux, vivante, une dernière fois avant qu'elle sombre de nouveau dans la réalité incertaine de ses rêves.

Margot vient le voir presque tous les jours. Mais Kitty et Élisabeth ne viennent-elles pas aussi, la petite Élisabeth qui le regarde toujours avec tant d'anxiété et lui demande d'une voix douce et inquiète s'il ne va toujours pas mieux ? Sa sœur ne vient-elle pas chaque jour prendre de ses nouvelles, et les autres femmes, toutes, ne lui témoignent-elles pas exactement la même sympathie ? Ne restent-elles pas aussi à lui raconter toutes sortes de choses insignifiantes ? Elles s'attardent d'ailleurs bien trop longtemps, car leur présence chasse ses rêves, disperse ses idées et les contraint à sortir de sa paisible méditation, le force à subir de vains bavardages et de sottes banalités. Il ne souhaiterait la visite d'aucune d'elles, mais que seule Margot vienne le voir, fût-ce une heure seulement, quelques minutes, ensuite il retournerait à sa solitude pour rêver d'elle à son aise, sans être ennuyé, dérangé, tout à sa joie intime, comme voguant sur des nuages, entièrement dédié aux images berceuses de son amour.

Pour prévenir les visites importunes, parfois, dès qu'il entend une main se poser sur la poignée de sa porte, il ferme les yeux et feint de dormir. Les visiteurs se retirent alors sur la pointe des pieds, il les entend refermer la porte sans bruit et sait qu'il peut se replonger dans les ondes paisibles de ses rêves, se laisser emporter par elles vers les lointains les plus fascinants.

À l'une de ces occasions, voici ce qu'il advint : Margot était déjà passée le voir, encore que pour un court moment, mais lui apportant dans ses cheveux toutes les senteurs du jardin, le parfum capiteux du jasmin en fleur, et dans ses yeux clairs, toute la lumière du soleil d'août. Il savait donc qu'il ne devait plus compter sur sa visite pour ce jour-là. Il aurait donc un long après-midi lumineux pour ses douces rêveries car plus personne ne viendrait le déranger : ils étaient tous sortis pour une promenade à cheval. Entendant qu'on actionne délicatement la poignée de la porte, il serre les paupières et fait semblant de dormir. Mais la personne qui entre – ainsi qu'il l'entend très distinctement dans la chambre parfaitement silencieuse –, au lieu de ressortir, pénètre dans la chambre et referme la porte tout doucement pour ne pas éveiller le dormeur. Sur la pointe des pieds, effleurant à peine le sol, elle s'approche de lui. Il entend le bruissement de l'étoffe d'une robe indiquant qu'elle s'assoit près de sa couche. À travers ses paupières closes, il sent son regard lui caresser le visage qui s'empourpre.

Il sent son cœur se mettre à battre la chamade. Est-ce Margot ? Sûrement. Il le sent. Mais le plaisir est plus doux, plus sensuel, plus lascif, voluptueux, excitant, plus violent de ne pas encore ouvrir les yeux et de la deviner seulement si près de lui. Que va-t-elle faire ? Les secondes s'étirent. Elle se contente de le regarder, d'épier son sommeil ; et de se savoir ainsi livré, aveugle, sans défense à son observation, de savoir que si en cet instant il ouvrait les yeux, toute la tendresse de leur regard envelopperait comme d'un manteau le visage effarouché de Margot, à la fois le met mal à l'aise et l'enivre, lui électrise la peau. Il ne fait pas un geste, essaie de maîtriser l'agitation de son souffle qui s'affole dans sa poitrine trop étroite, et il attend, attend encore.

Rien ne se passe. Mais il a l'impression qu'elle se penche plus bas vers son visage, qu'il respire de plus près ce parfum léger, ce parfum frais et léger de lilas qu'il a déjà respiré sur ses lèvres. En même temps – et telle une déferlante partant d'un seul point de contact, son sang se précipite dans tout son corps – elle a posé sa main sur sa couche et lisse doucement la couverture tout le long de son bras, caresses apaisantes et précautionneuses, dont l'effet magnétique fait affluer vers cette main son sang torrentueux.

Lentement, à un rythme presque régulier, sa main continue à glisser le long de son bras. Il entrouvre à la dérobée ses paupières. D'abord, il ne perçoit qu'une faible lumière pourpre, puis la couverture parsemée de taches sombres qui recouvre son corps, puis maintenant, comme venue de loin, la main caressante ; il la voit, sortant de l'ombre, lueur nébuleuse, faible halo de clarté, approcher puis s'éloigner de nouveau. Il élargit la fente séparant ses paupières. À présent, il les reconnaît distinctement, les doigts, blancs et diaphanes comme de la porcelaine, les voit légèrement recourbés, glisser en avant, puis en arrière, jouant comme animés d'une vie propre. Ils approchent, tâtonnant comme des antennes, puis se retirent de nouveau et, en cet instant, il éprouve cette main comme un être animé, autonome, comme un chat qui se presse contre un vêtement, comme un petit chat blanc qui, toutes griffes rentrées, ronronnant, fait d'amoureuses tendresses à son élu, et il ne serait nullement surpris si tout à coup, le doux animal se mettait à cligner des yeux. Et de fait, dans cette câline caresse blanche, ne voit-il pas soudain le clignement d'un œil brillant ? Non, ce n'est qu'un morceau de métal qui luit, le doux éclat de l'or. Mais au moment où la main s'avance une nouvelle fois, il le distingue nettement, c'est le médaillon qui pend en breloque au bracelet, le mystérieux médaillon révélateur, octogonal, de la taille de un penny. C'est la main de Margot qui caresse tendrement son bras, et il s'enflamme du désir de porter soudain à ses lèvres cette main muette, cette main blanche et nue, sans anneau, pour un baiser fougueux. Mais quand il sent un souffle s'approcher et devine le visage de Margot près du sien, il ne peut plus tenir ses yeux fermés, libère son regard et le pose, comblé, rayonnant, sur le visage tout proche qui alors se rejette en arrière avec un sursaut de saisissement.

Et lorsque les ombres fuient du visage qui s'est éloigné et que la clarté paraît sur les traits bouleversés, il reconnaît – et le choc le paralyse – la sœur de Margot, Élisabeth, la petite Élisabeth si singulière. A-t-il rêvé ? Non, quand il scrute le visage qui, en un instant, s'est empourpré, se détournant, honteux, c'est bien Élisabeth. En un éclair, il comprend la terrible méprise, son regard avide cherche sa main, et en effet, il y découvre le médaillon.

Sa vue se voile et se brouille et il se sent au bord de l'évanouissement, mais cette fois, il résistera de toutes ses forces pour ne pas perdre conscience. En l'espace d'une seconde, il reconstruit toute l'histoire, l'étonnement dédaigneux de Margot, le sourire d'Élisabeth, ce regard singulier qui l'a effleuré comme une main discrète – non, non, il n'y a pas de confusion possible.

Un dernier espoir timide s'élève en lui. Il fixe des yeux le médaillon : peut-être Margot le lui a-t-elle offert, aujourd'hui, ou hier, plus tôt même encore.

Mais déjà, elle s'adresse à lui. L'effort de ces réflexions a sans doute altéré les traits du malade, car elle lui demande, anxieuse : « Tu as mal, Bob ? »

Comme leurs voix se ressemblent, songe-t-il.

Il répond, absorbé par d'autres pensées : « Oui, oui… enfin, non… je vais très bien ! »

Un nouveau silence s'installe. Une nouvelle fois, la pensée obsédante s'impose à lui : peut-être n'est-ce qu'un cadeau de Margot. Il sait pourtant la fragilité de l'hypothèse, mais ne peut s'empêcher de questionner.

« D'où te vient ce médaillon ?

— Oh, ce n'est qu'une pièce de monnaie d'une quelconque République américaine, je ne sais laquelle. C'est l'oncle Robert qui nous l'a rapportée, un jour.

— Nous ? »

Il retient son souffle. C'est maintenant qu'elle va le dire.

« À Margot et à moi. Kitty n'en voulait pas. J'ignore pourquoi. »

Il sent un picotement dans ses yeux, qui se troublent. Prudemment, il détourne la tête pour qu'Élisabeth ne puisse apercevoir la larme qui déjà doit perler au bord de ses cils, qu'il ne peut plus retenir et qui à présent roule lentement sur sa joue. Il faudrait dire quelque chose, mais il craint de ne pouvoir soutenir sa voix qui pourrait se briser sous la pression des sanglots. Ils se taisent tous deux, anxieux, l'un attendant les mots de l'autre. Élisabeth finit par se lever. « À présent je m'en vais, Bob. Repose-toi bien. » Il ferme les yeux et la porte se referme sans bruit.

Comme un envol de pigeons effarouchés, les pensées s'agitent en tous sens dans sa tête. C'est maintenant seulement qu'il comprend de quelle terrible méprise il a été le jouet. En lui se mêlent la honte et l'irritation de s'être laissé égarer par sa folie, mais il ressent en même temps une cruelle douleur. Il sait à présent qu'il doit renoncer pour toujours à Margot, mais sent bien qu'il l'aime toujours autant, peut-être pas encore avec cette passion désespérée que l'on conçoit pour l'objet inaccessible. Quant à Élisabeth, avec une sorte de colère, il repousse de lui son image car toute la ferveur et l'ardeur de sa passion qu'elle vient de maîtriser si délicatement ne peuvent lui être autant qu'un sourire de Margot ou que sa main, pour peu qu'elle daignât un jour, de cette main, le frôler. Si les autres fois, Élisabeth s'était montrée à lui, il l'aurait aimée car ces fois-là, sa passion était encore dans l'enfance, mais à présent, dans ses mille rêveries, le nom de Margot s'est marqué dans sa chair d'une brûlure si profonde qu'il ne peut plus l'effacer de sa vie.

Devant ses yeux l'obscurité s'épaissit, peu à peu ses ressassements sont emportés dans le ruissellement des larmes. C'est en vain qu'il s'efforce, durant les longues heures de solitude, comme tous les autres jours où il doit garder la chambre, de faire apparaître sous ses yeux l'image de Margot : à chaque fois, telle une ombre, sur ce visage s'impose celui d'Élisabeth avec ses yeux profonds et langoureux, et tout se confond, et il recommence, dans le tourment, à se remémorer toute l'histoire telle qu'elle s'est déroulée. La honte l'accable lorsqu'il se revoit sous la fenêtre de Margot, appelant son nom, et de nouveau, il se prend de pitié pour la discrète et blonde Élisabeth, pour qui il n'a pas eu un mot, un regard, durant tous ces jours, alors qu'il aurait dû lui témoigner une ardente, une débordante gratitude.

Le lendemain, Margot vient le saluer un instant sur son lit de souffrance. Il frémit en sa présence et n'ose pas la regarder dans les yeux. Que lui dit-elle donc ? Il l'entend à peine, le bourdonnement de ses tempes couvre le son de sa voix. C'est au moment où elle part que d'un regard plein de désir il embrasse une nouvelle fois toute sa silhouette. Il le sent : jamais il ne l'a autant aimée qu'en cet instant.

L'après-midi, c'est Élisabeth qui vient le voir. Ses mains expriment une discrète familiarité lorsqu'elles effleurent les siennes et sa voix est très retenue, empreinte d'une légère tristesse. Elle parle de choses insignifiantes avec une sorte d'inquiétude, comme craignant de se trahir en parlant d'elle ou de lui. Il ne sait pas très bien ce qu'il ressent pour elle. Tantôt c'est une sorte de pitié, tantôt comme de la gratitude pour son amour, mais il ne saurait que lui dire. Il n'ose pas la regarder pour ne pas lui mentir.

À présent, elle vient tous les jours et reste plus longtemps.

Une fois, Élisabeth est de nouveau assise tout près de sa méridienne. Au-dehors, il fait un beau soleil, les feuillages agités des arbres projettent des reflets verts sur les murs. À ce moment-là, il voit ses cheveux flamboyer comme des nuages en feu, sa peau plus blanche et diaphane, tout son être resplendir, plus léger en quelque sorte. Depuis son coussin, dans la pénombre, il voit son visage sourire, tout proche et qui pourtant lui paraît lointain parce qu'il est baigné de lumière tandis que lui-même est dans l'ombre. À cette vue, il oublie tout ce qui s'est passé. Et quand elle s'incline vers lui, en sorte que ses yeux semblent le transpercer comme deux vrilles, alors qu'elle se penche davantage vers lui, le bras du garçon enserre son corps, lui incline la tête vers la sienne et baise sa bouche fraîche et fine. Elle est toute tremblante mais n'oppose pas de résistance et sa main se borne à lui caresser tristement les cheveux. Dans un souffle, une douce amertume dans la voix, elle dit : « Mais tu n'aimes que Margot. » Au plus profond de son cœur, il est touché par l'accent de renoncement, par ce désespoir muet et résigné et, au plus profond de son âme, par ce nom qui le bouleverse. Il n'ose pas mentir en cette minute. Il se tait.

Elle dépose sur ses lèvres un dernier baiser, très léger, presque le baiser d'une sœur, et sort sans ajouter un mot.

C'est la seule fois où ils en parlent. Encore quelques jours et l'on pourra descendre le convalescent dans le jardin, où déjà les premières feuilles, couleur de la robe du cheval aubère, commencent à joncher l'allée et où le déclin plus précoce du jour annonce déjà la mélancolie de l'automne. Quelques jours encore, et il se déplace malaisément mais seul, et enfin, pour la dernière fois de cette année, il se rend sous la ramure fauve des arbres rebelles, secoués par le vent, qui murmurent à présent plus fort que lors de ces trois nuits particulières, ces tièdes nuits d'été. Le garçon se rend, nostalgique, en ce même endroit. Il a l'impression qu'ici se dresse, invisible, une sombre muraille qui le sépare de son enfance, restée derrière lui et s'éloignant déjà dans le crépuscule, tandis que du côté où il se tient maintenant s'étend un autre pays, plein de périls inconnus.

Ce soir-là, quand il prit congé, il attacha une dernière fois longuement son regard sur le visage de Margot, comme s'il voulait s'en imprégner pour la vie, posa une main impatiente dans celle d'Élisabeth qui l'y retint d'une chaude pression, s'attarda à peine auprès de Kitty, des amis, de sa sœur, tant son âme était emplie du sentiment d'être aimé de l'une tandis qu'il aimait l'autre. Il était très pâle et son visage exprimait une sorte de dureté qui n'était plus celle d'un jeune garçon. Pour la première fois, il avait l'air d'un homme.

Pourtant, quand les chevaux furent attelés et qu'il vit Margot s'éloigner avec indifférence pour remonter le perron tandis que les yeux d'Élisabeth soudain s'emplissaient de larmes et qu'elle dut se retenir à la rampe, toutes les dernières impressions vécues le submergèrent si soudainement qu'il se mit à pleurer éperdument comme un enfant.

La silhouette du château, peu à peu, disparaissait au loin, derrière le rideau de poussière soulevée par la voiture, le jardin ombreux se rapetissait, la campagne alentour s'éloignait, et de tout ce qu'il venait de vivre, tout se perdit à sa vue pour se changer en un puissant souvenir. En deux heures de route, il atteignit la gare. Le lendemain matin, il était à Londres.

Quelques années de plus et il n'était plus l'adolescent d'alors. Mais cette première expérience l'avait tellement marqué qu'elle ne pourrait plus s'effacer de sa vie. Margot et Élisabeth s'étaient toutes deux mariées, mais il ne voulait plus les revoir, car les souvenirs attachés à ces heures le submergeaient parfois avec une telle violence que tout ce qu'il avait vécu plus tard lui semblait n'être qu'apparence et rêve en regard de la réalité du souvenir. Il est devenu l'un de ces êtres qui ne peuvent plus connaître l'amour, qu'aucune femme ne peut plus combler. Car lui qui, en un seul moment de sa vie, avait connu tout ensemble, si étroitement liés, le bonheur d'aimer et celui d'être aimé, ne ressentait plus le désir de rechercher ce qui, en sa prime jeunesse, s'était offert à lui – et qu'il avait reçu – dans ses mains tremblantes de crainte. Il a beaucoup voyagé, a souvent été pris pour l'un de ces Anglais froids et réservés que beaucoup disent flegmatiques parce qu'ils sont taciturnes, et que leur regard passe, insensible, sur le visage des femmes, sans répondre à leur sourire. Qui pourrait imaginer en effet qu'ils portent en eux, inscrits dans leur sang, les portraits auxquels leur regard demeure attaché, une flamme brûlant en permanence devant ces images comme la flamme éternelle devant le portrait de la Vierge ? Et maintenant je sais comment cette histoire est parvenue jusqu'à moi. Dans le livre que je lisais cet après-midi se trouvait une carte postale, une carte que j'ai reçue d'un ami du Canada. C'est un jeune Anglais dont j'ai fait la connaissance lors d'un voyage et avec qui j'ai passé souvent de longues soirées à bavarder, et dans les récits de qui, parfois, mystérieux comme de lointaines effigies, brillait le souvenir de deux femmes, à jamais liées à un bref moment de sa jeunesse. Il y a longtemps, très longtemps que j'ai eu ces conversations avec lui, et je les avais même oubliées. Mais aujourd'hui, quand j'ai revu la carte, le souvenir a refait surface, mêlé à divers épisodes de ma propre vie, et j'ai cru avoir lu son histoire dans ce livre qui m'avait glissé des mains, ou l'avoir inventée dans un rêve.

Mais comme la chambre s'est obscurcie, et comme tu es loin de moi dans ce sombre crépuscule ! J'aperçois juste un doux halo dans lequel je devine ton visage et je ne sais si tu souris ou si tu es triste, si tu souris parce que je m'invente d'étranges aventures pour des gens que j'ai vaguement connus, que je leur imagine tout un destin, pour ensuite les laisser s'échapper et retourner tranquillement à leur vie, dans leur univers ? Ou bien si tu es triste à cause de ce garçon passé à côté de l'amour et qui, en une heure, s'est perdu à jamais en sortant du jardin de ce doux rêve ? Vois-tu, ce n'était pas mon intention de faire de cette histoire une chose triste et sombre, je voulais juste te parler d'un jeune garçon qui, à l'improviste, rencontre l'amour, l'amour donné et l'amour reçu. Mais voilà, les histoires qu'on raconte au crépuscule prennent toutes un tour tragique. Le soir s'incline sur elles avec ses crêpes noirs, avec tout le deuil qui habite le déclin de jour, déploie un dais sans étoiles au-dessus d'elles ; l'obscurité s'instille dans leur sang et tous les mots clairs et colorés qu'elles contiennent ont alors une sonorité si pleine et si lourde qu'on les croirait issues de notre propre vie.

Les Deux Sœurs

Un « conte drolatique »

Quelque part dans une ville méridionale que je préfère ne pas nommer, je fus surpris, débouchant d'une étroite ruelle, par le spectacle soudain et grandiose d'une construction de facture très ancienne, surmontée par deux énormes tours aux formes si semblables que dans la lumière déclinante l'une semblait être l'ombre de l'autre. Ce n'était pas une église et ce pouvait aussi peu avoir été un palais à une époque révolue ; cela faisait penser à un couvent, puis, en raison de ses vastes et imposantes dimensions, à un bâtiment profane, mais d'un type indéterminé. Soulevant poliment mon chapeau, je dérangeai un bourgeois rubicond en train de boire un vin couleur paille à la terrasse d'un petit café, en lui demandant le nom de cet édifice si impressionnant qui s'élevait au-dessus des toitures basses en ailes d'hirondelle. Cet homme placide me lança un regard étonné, puis afficha un sourire lent et gourmand avant de me répondre : « Je ne peux vous donner d'informations tout à fait fiables. Sur le plan de la ville, il se peut que cela porte un autre nom mais nous, nous l'appelons toujours comme autrefois la maison des sœurs, peut-être parce que les deux tours sont si ressemblantes, mais peut-être aussi parce que… » Il se tut et cessa prudemment de sourire, comme voulant d'abord s'assurer que ma curiosité avait bien été attisée. Mais une demi-réponse rend impatient de la réponse entière – nous engageâmes la conversation et j'acceptai volontiers son invitation à goûter un verre de ce vin âpre et doré. Face à nous, comme dans un rêve, les dentelures de pierre des deux tours scintillaient dans la clarté lunaire lentement grandissante, je trouvai le vin fort à mon goût, ainsi que la petite légende des sœurs semblables-dissemblables qu'il me raconta par cette tiède soirée et que je rapporte ici le plus fidèlement possible sans en garantir toutefois la véracité historique.

Lorsque l'armée du roi Théodose fut contrainte de prendre ses quartiers d'hiver dans l'ancienne capitale d'Aquitaine, et que suite à un repos opulent, les montures harassées retrouvèrent un poil soyeux et les soldats l'ennui, il advint que le commandant des troupes, un Lombard nommé Herilunt, tomba amoureux d'une belle épicière qui vendait des épices et du pain au miel sucré dans l'obscur dédale de la ville basse. Et la passion s'empara de lui avec une telle force, qu'indifférent a sa basse extraction, il s'empressa de l'épouser afin de vite consommer l'hymen et s'installa avec elle dans une maison princière sur la place du marché. Pendant de longues semaines, ils ne furent visibles pour personne, asservis qu'ils étaient l'un à l'autre, ils en oublièrent les gens, le temps, le roi et la guerre. Mais tandis qu'ils s'abîmaient ainsi totalement dans l'amour et sommeillaient chaque nuit dans les bras l'un de l'autre, le temps, lui, ne dormait pas. Un vent chaud souffla soudain du sud, sous son pied ardent, la glace des fleuves se brisa, dans les prés, crocus et violettes nichèrent leurs floraisons colorées sous sa trace furtive. En une nuit, les arbres furent de vertes efflorescences, les humides renflements des couronnes de boutons éclatèrent sur les ramures gelées, le printemps s'éleva au-dessus de la terre fumante et avec lui, de nouveau, la guerre. Un matin, le marteau cuivré de la porte retentit, autoritaire et revendicateur, tirant les amants de leur sommeil matinal : un émissaire du roi ordonnait à son commandant d'armer ses troupes et de procéder au départ. Le roulement des tambours réveilla les cantonnements, un vent strident claqua dans les bannières et la place du marché crépita bientôt sous les fers des chevaux sellés. Herilunt s'arracha en toute hâte aux bras tendrement enlacés de sa femme d'hiver car si vif que fût son amour, l'ambition et le plaisir viril du combat brûlaient bien plus fortement en lui. Insensible à ses larmes et inflexible face à son désir de l'accompagner, il laissa sa femme dans la vaste demeure et se mit en route pour le pays des Maures à la tête de son immense escorte. En sept batailles, il mit les ennemis en déroute, souffla d'un balai de flammes les châteaux forts des Sarrasins pillards, anéantit leurs villes et dévalisa victorieusement la région jusqu'à la côte, où il dut recruter marins et galères afin de rapporter son butin au pays, tant celui-ci était d'une abondance démesurée. Jamais victoire n'avait été remportée si prestement, jamais campagne menée si rapidement. Rien d'étonnant à ce que le roi, pour remercier ce soldat aussi téméraire, lui donnât en fief le Nord et le Sud du pays conquis, en échange d'une faible redevance. Herilunt, qui avait eu jusqu'alors la selle pour patrie, aurait pu désormais se reposer tranquillement et profiter sa vie durant d'un bien-être prospère. Mais son ambition, plus fouettée que tempérée par la rapidité de ses gains, se refusa à ce qu'il devienne sujet et redevable, ne serait-ce qu'envers son seigneur : seul un diadème royal lui semblait dès lors suffisamment resplendissant pour le front pur de sa femme. Il incita en secret ses propres troupes à se rebeller contre le roi et prépara la révolte. Mais prématurément trahi, le complot échoua. Vaincu avant même d'avoir livré bataille, banni par l'Église, abandonné par ses propres cavaliers, Herilunt dut fuir dans les montagnes et c'est là qu'en raison de la récompense élevée, des paysans abattirent à coups de massues le proscrit endormi.

Au même moment, tandis que les sbires du roi découvraient le cadavre sanguinolent du rebelle sur une paillasse de la grange, lui arrachaient ses bijoux et ses vêtements pour aller jeter ensuite son corps dénudé sur l'écorcherie, sa femme, ignorant tout de sa disparition, mettait deux enfants au monde dans le lit de brocart du palais, des jumelles que l'évêque baptisa Helena et Sophia de sa propre main, en présence d'un grand nombre d'habitants. Les cloches des églises n'avaient pas encore cessé de bourdonner ni les coupes du banquet de tinter d'un son argentin que parvint tout à coup la nouvelle de la révolte et de la chute de Herilunt, vite suivie par la deuxième annonce, à savoir que selon la loi en vigueur, le roi confisquait la demeure et les biens du rebelle au profit de son trésor. À peine relevée de couches, la belle épicière fut donc obligée, après une courte période d'opulence, de redescendre vêtue de sa vieille robe de laine élimée dans la ruelle putride de la ville basse, à la différence près qu'elle emmenait avec elle dans sa misère deux enfants encore mineures et l'amertume d'une si forte désillusion. Elle fut de nouveau assise du matin au soir sur l'escabelle en bois de son échoppe, vendant au voisinage des épices et des produits sucrés à base de miel, et empochant souvent des persiflages railleurs avec les rares pièces de cuivre durement acquises. L'affliction eut vite fait d'éteindre la vive lumière de ses yeux, un gris précoce décolora sa chevelure. Cependant, la joyeuse vivacité et l'attrait particulier de ses délicieuses jumelles la dédommagèrent bientôt de sa détresse et de sa malchance, elles avaient en effet toutes deux hérité de l'éclatante beauté de leur mère et se ressemblaient tellement par leur apparence et la grâce de leurs propos qu'on croyait voir une charmante image regarder l'autre, tel un miroir vivant. Non seulement les étrangers, mais leur mère elle-même étaient incapables de faire la différence entre Helena et Sophia, ces deux filles du même âge et de même apparence, tant leur ressemblance était parfaite. Elle demanda donc à Sophia de porter un ruban de lin bon marché en guise de bracelet, afin que ce signe visible la distinguât de sa sœur. Mais quand elle entendait leur voix ou regardait seulement le visage de l'une des jumelles, elle ne savait quel nom utiliser pour appeler l'une de ces deux sœurs par trop ressemblantes.

Or, de même que les jumelles avaient hérité de leur mère sa fougueuse beauté, elles avaient funestement reçu de leur père cette indomptabilité de l'ambition et du besoin de domination, de sorte que chacune d'elles s'efforçait dans tous les domaines de surpasser l'autre, et toutes les filles du même âge de surcroît. Dès ces premières années où les enfants jouent d'habitude avec indifférence et sans malice, les deux sœurs firent de chaque activité une compétition marquée par une violente jalousie. Si un inconnu, ravi par la grâce d'une des deux enfants, lui avait passé au doigt une jolie petite bague sans offrir le même présent à l'autre, si l'une des toupies avait tournoyé plus longtemps que celle de l'autre sœur, la mère retrouvait l'enfant désavantagée allongée sur le sol, ses poings contractés enfoncés entre les dents, martelant le sol de rage avec ses talons. Aucune ne se réjouissait d'un compliment, d'une caresse ou d'un meilleur résultat obtenus par l'autre et bien qu'elles fussent si ressemblantes que les voisins, pour plaisanter, les nommaient « les petits miroirs », la jalousie réciproque qui les consumait constamment dévastait et ravageait leurs journées. En vain, leur mère cherchait à freiner cet excès d'ambition qui n'avait rien de sororal, à faire se relâcher l'arc toujours tendu de leur rivalité, en vain ; elle dut bientôt constater qu'un funeste héritage continuait à croître chez ces enfants aux natures encore immatures et seule une maigre consolation la dédommageait de ses soucis : c'est précisément grâce à cette incessante émulation que les deux jeunes filles devinrent bientôt les plus avisées et les plus éveillées de leur génération. Car quelle que fût la matière que l'une commençait à apprendre, l'autre se mettait aussitôt à l'imiter, impatiente de la devancer. Et comme elles avaient toutes les deux le corps agile et l'esprit alerte, les jumelles apprirent en très peu de temps tous les arts féminins utiles et attirants : tisser du lin, teindre des étoffes, sertir des pierres, jouer de la flûte, danser avec grâce, écrire des poèmes bien tournés pour les chanter ensuite mélodieusement en s'accompagnant au luth, enfin, au-delà des connaissances habituelles des femmes de la Cour, elles surent même le latin, la géométrie et cette science suprême, la philosophie, qu'un vieux diacre avait la bonté de leur enseigner. On ne trouva bientôt plus en Aquitaine aucune jeune fille qui fût comparable aux jumelles de l'épicière quant à la grâce du corps, au raffinement des manières et à la souplesse de l'esprit. Cependant, nul n'aurait su dire laquelle des deux sœurs par trop ressemblantes, d'Helena ou de Sophia, méritait le prix de la perfection, puisque personne ne les distinguait l'une de l'autre, qu'il s'agît de leur apparence, de leur vivacité ou de leurs propos.

Mais de cet amour pour les beaux-arts et de la connaissance de toutes ces choses douces et tendres qui confèrent à l'esprit comme au corps cette ardeur aspirant sans cesse à fuir l'étroitesse pour s'élancer vers l'infini du sentiment, naquit bientôt chez les deux jeunes filles une insatisfaction dévorante vis-à-vis de la basse extraction de leur mère. Qu'elles rentrent chez elles après des disputes à l'Académie où elles rivalisaient avec les savants dans la joute artificielle des arguments, ou qu'après avoir quitté le cercle des danseurs, encore enveloppées de musique, elles retournent dans la ruelle fuligineuse où leur mère aux cheveux sales était assise derrière ses épices et marchandait jusque tard dans la nuit une poignée de macarons au pain d'épice ou des pièces de cuivre moisies, elles ressentaient une honte empreinte de colère face à l'inexorabilité de leur misère et les aiguilles de la vieille paillasse de leur couche, telle une étrille, mettaient à vif leurs corps brûlants et encore vierges. La nuit, elles restaient longtemps éveillées et maudissaient leur destin : appelées à surpasser les femmes de la noblesse en grâce et en talents intellectuels, élues pour se mouvoir dans des vêtements soyeux et souples, surchargés de pierres précieuses tintinnabulantes, elles se retrouvaient ensevelies ici dans ce taudis putride, vouées à devenir au mieux l'épouse du tonnelier à leur gauche ou du fourbisseur à leur droite, elles qui étaient filles d'un grand chef de guerre et elles-mêmes royales par le sang et par le goût de l'autorité. Elles aspiraient à des appartements resplendissants et à des cortèges de domestiques, à la richesse et au pouvoir, et si une femme de la noblesse venait à passer, vêtue de fourrures brodées, sa litière oscillant mollement au sein d'une troupe de fauconniers et de laquais, leurs joues devenaient blanches comme leurs dents sous l'effet de la colère. Alors, tels des flots puissants, roulaient dans leurs veines l'impétuosité et l'ambition de leur père rebelle, lui qui ne voulait pas non plus se contenter d'une vie moyenne et d'un sort médiocre, et nuit et jour, elles ne pensaient à rien d'autre qu'à la façon d'échapper à l'indignité de leur existence.

Fait inattendu mais point inexplicable, il arriva qu'un matin, en se réveillant, Sophia trouva vide la couche à côté de la sienne : pendant la nuit, Helena, le reflet de son corps, le pendant de ses désirs, avait disparu en secret, et leur mère effrayée se fit beaucoup de soucis, croyant qu'elle avait été enlevée de force par l'un des nobles – car de nombreux jeunes hommes avaient déjà été frappés et aveuglés jusqu'à la folie par le double rayonnement émanant des jeunes filles. Les habits en désordre, elle se précipita dans sa première hâte chez le préfet qui administrait la ville au nom du roi et le conjura d'arrêter l'auteur du forfait. Il le lui promit. Mais dès le lendemain, à la grande honte de la mère, se répandit le bruit toujours plus tenace selon lequel Helena, qui était à peine pubère, s'était enfuie de son plein gré avec un jeune noble qui, par amour pour elle, avait forcé les coffres et les armoires de son père. Une semaine plus tard, cette première nouvelle fut suivie d'une autre, pire encore, car des voyageurs racontèrent la vie opulente que la jeune courtisane menait dans cette ville avec son amoureux, entourée de domestiques, faucons et autres animaux venus du Sud, enveloppée dans des fourrures et d'étincelants brocarts, un scandale pour toutes les honnêtes femmes du lieu. Or, la bouche des bavards n'avait pas fini de ruminer cette mauvaise nouvelle qu'une autre, bien pire, la remplaça : lassée de ce mirliflor qui avait encore du duvet au menton, Helena lui avait à peine vidé les sacs et les poches qu'elle s'était rendue au palais de l'argentier chenu, lui avait vendu son jeune corps en échange de nouveaux fastes et pillait désormais sans pitié celui qui jusqu'alors s'était montré avare. Quelques semaines plus tard, après lui avoir arraché ses pennes d'or et l'avoir laissé dégarni comme un poulet plumé, elle avait échangé cet homme repoussé contre un nouvel amant, laissant de nouveau tomber ce dernier pour un plus riche, et bientôt, ce ne fut plus un secret pour personne qu'Helena ne mettait pas moins de zèle à faire alentour le commerce de son jeune corps que sa mère celui des épices et du pain au miel sucré dans sa ville natale. La veuve infortunée envoya en vain émissaire sur émissaire à sa fille prodigue, pour lui demander de ne pas rabaisser la mémoire de son père de façon aussi blasphématoire : à la honte de la mère, pour remplir jusqu'au bord la coupe de l'iniquité, on vit un jour un superbe cortège remonter la rue depuis la porte de la ville. D'abord des laquais vêtus d'écarlate, puis des cavaliers comme pour l'arrivée d'un prince, et entre les deux, entourée de lévriers et d'étranges singes batifolants, Helena, la précoce hétaïre, semblable par sa grâce à la mère primitive du même nom, cette Helena qui faisait perdre la tête aux riches, et parée de bijoux comme l'idolâtre reine de Saba lors de son entrée à Jérusalem. Alors, les bouches se délièrent et les langues allèrent bon train : les artisans délaissèrent leurs ateliers, les scribes leurs écritures, une foule curieuse et enthousiaste se pressa autour du cortège, jusqu'à ce que la troupe virevoltante de cavaliers et de serviteurs se range sur la place du marché pour un accueil révérencieux. Enfin, le rideau se souleva et la juvénile courtisane se dirigea avec fatuité vers la porte de ce palais qui avait autrefois appartenu à son père et qu'un amant dépensier avait désormais racheté pour elle au trésor royal en échange de trois nuits enflammées. Comme s'il s'était agi de son propre duché, elle pénétra dans la chambre au lit somptueux où sa mère l'avait honorablement mise au monde et les pièces longtemps abandonnées se remplirent bientôt de statues précieuses d'origine païenne. La fraîcheur du marbre gravit les escaliers de bois et se répandit en dallages et mosaïques fabriqués avec art, des tapis aux motifs tissés de portraits et d'histoires réchauffèrent les murs en y grimpant comme du lierre coloré, la vaisselle d'or tinta au cœur de la musique toujours prête des festins, car versée dans tous les arts, attirante par sa jeunesse et séduisante par son esprit, Helena devint en très peu de temps la maîtresse de tous les jeux de l'amour et la plus riche des hétaïres. Des villes du voisinage et même des pays étrangers, les riches, qu'ils fussent chrétiens, païens ou hérétiques, venaient la courtiser de façon pressante afin de jouir au moins une fois de ses faveurs. Et comme sa soif de pouvoir n'était pas moins démesurée que l'ambition de son père, elle serrait durement la vis à ses galants et tordait si furieusement le cou à la passion des hommes qu'elle les pressurait jusqu'au dernier sou. Même le propre fils du roi fut obligé de payer une amère caution aux prêteurs sur gages et aux bailleurs, lorsque après une semaine de plaisirs, à la fois encore ivre et cruellement dégrisé, il quitta les bras et la demeure d'Helena.

Rien d'étonnant à ce qu'une conduite aussi outrecuidante ne provoque la fureur des honnêtes femmes de la ville, en particulier des plus âgées. Dans les églises, les prêtres vitupéraient cette dépravation précoce, sur la place du marché, les bonnes femmes serraient les poings de colère et la nuit, des jets de pierre retentirent plus d'une fois contre les fenêtres et la porte d'entrée. Mais les vertueuses, toutes les épouses délaissées, les veuves esseulées, avaient beau enrager, les prostituées expérimentées qui voyaient soudain cette pouliche à l'insolence exubérante gambader dans leur jardin des délices avaient beau glapir de colère – chez aucune de ces femmes, l'âme n'était dévorée par le dépit avec autant de force que chez Sophia, sa sœur. Ce qui mettait son âme à vif, ce n'était pas que l'autre s'adonnât à une conduite aussi blasphématoire, mais le regret de n'avoir pas répondu à l'époque à la même demande du jeune noble et de voir qu'était échu à l'autre tout ce à quoi elle aspirait en secret, le pouvoir sur autrui et l'opulence de l'existence : car chez elle, la nuit, la tempête continuait de s'engouffrer dans sa froide chambrette ouverte à tous les vents et elle pleurait à qui mieux mieux avec sa mère acariâtre. Sa sœur, imbue de sa richesse, lui avait certes fait parvenir à plusieurs reprises des robes de prix ; mais la fierté de Sophia se refusait à accepter des aumônes. Non, cela ne pouvait refroidir son ambition que de marcher maintenant sans gloire dans les pas de sa sœur plus téméraire qu'elle et de se battre aujourd'hui avec elle pour des amants, comme autrefois pour du pain au poivre sucré. Son sentiment lui disait que sa victoire devait être plus complète. Et tandis que Sophia réfléchissait nuit et jour au moyen de surpasser l'autre en gloire et en admiration, elle prit conscience, au vu de l'empressement toujours plus irrépressible des hommes, que le modeste bien qui lui était resté, sa virginité et l'intégrité de son honneur, était en même temps un précieux appât et un gage qui permettait à une femme intelligente de pratiquer magnifiquement l'usure. Elle décida donc de transformer précisément en trésor ce que sa sœur dilapidait de façon précoce et d'afficher sa vertu aux yeux de tous autant que la courtisane son jeune corps. Si l'on vantait l'autre pour son somptueux orgueil, elle voulait l'être désormais pour sa pauvre humilité. Les langues médisantes ne s'étaient pas encore tues que la ville étonnée eut un matin de quoi nourrir de nouveau sa curiosité : Sophia, la jumelle de la courtisane Helena, mue par la honte et pour ainsi dire par la volonté d'expier la conduite inconvenante de sa sœur avait, dit-on, fui le monde temporel et rejoint comme novice l'ordre pieux qui se consacrait avec une inlassable sollicitude à la garde et au soin des infirmes de l'hospice. Les amants arrivés trop tard s'arrachèrent alors les cheveux de rage en apprenant que ce joyau intouché leur avait échappé. Les dévots en revanche, profitant de cette rare opportunité pour opposer à la dépravation des sens cette belle image de la crainte de Dieu, s'empressèrent de répandre la nouvelle dans toutes les contrées, de sorte qu'aucune pucelle d'Aquitaine ne fit plus l'objet de conversations et de louanges que Sophia, cette jeune fille qui se sacrifiait pour s'occuper jour et nuit des ulcéreux et des décrépits et qui ne reculait pas même devant le service des lépreux. Les femmes fléchissaient le genou devant elle quand elle passait dans la rue, le regard baissé sous sa coiffe blanche, l'évêque chanta plusieurs fois ses louanges en la présentant comme l'exemple le plus accompli de la vertu féminine, et les enfants levaient les yeux vers elle comme si elle était une constellation rare. Soudain, toute l'attention du pays se porta non plus sur Helena – ce qui, il va sans dire, la contraria fort – mais uniquement sur cette blanche victime expiatoire qui, pour échapper au péché, s'était élevée telle une colombe dans les cieux de l'humilité.

Au cours des mois suivants, un curieux astre dioscurique à deux faces répandit sa lumière au-dessus du pays étonné, autant à la satisfaction des pécheurs que des dévots. Car si les premiers trouvaient à tout moment de quoi se satisfaire grâce au plaisir dispensé par le corps prodigue d'Helena, ces derniers pouvaient édifier leur âme grâce au reflet brillant de vertu qu'était Sophia et c'est en raison de cette dualité que pour la première fois depuis le début des temps, dans cette ville d'Aquitaine, le royaume de Dieu sur terre sembla nettement et visiblement séparé de celui de son rival. Celui qui aimait la pureté avait une sainte patronne à sa disposition, et celui qui s'abîmait dans les plaisirs de la chair avait en perspective la jouissance terrestre dans les bras de la sœur indigne. Mais dans chaque cœur ici-bas circulent d'étranges sentiers de contrebande entre le Bien et le Mal, la chair et l'esprit, et il s'avéra bientôt que c'était précisément cette dualité d'une nature inattendue qui menaçait la paix des âmes. Car comme les jumelles, malgré une conduite extrêmement dissemblable, restaient à peine distinguables physiquement, ayant même silhouette, même couleur d'yeux, même sourire et même charme, quoi de plus naturel à ce que naquît chez les hommes de la ville un trouble passionné. Un jeune homme avait-il passé une nuit enflammée dans les bras d'Helena et se hâtait-il de quitter la maison de bon matin, afin de laver en quelque sorte son âme du péché, qu'il se frottait les yeux, stupéfait et effrayé comme s'il avait vu le diable. Car la belle novice, vêtue de la modeste bure grise de la soignante, qui poussait dans le jardin public de l'hospice la chaise roulante d'un vieillard pantelant et qui essuyait sans dégoût, dans un geste à la fois doux et délicat, la bave coulant de sa bouche édentée, lui semblait être tout à fait la même que celle qu'il venait de quitter, nue et brûlante, dans le lit immoral.

Il la fixait : oui, c'étaient les mêmes lèvres, les mêmes mouvements ronds et tendres, qui en cet instant il est vrai, n'étaient pas au service de l'amour terrestre mais d'un amour suprême de l'humain. Il la fixait et ses yeux le brûlaient, comme s'ils voulaient peu à peu rendre transparente la bure grise et sobre et comme si à travers elle, c'était le corps familier de la courtisane qui semblait rayonner vers lui. Et inversement, c'était le même jeu de dupes qui égarait les sens de ceux qui venaient d'observer avec vénération la pieuse visite de l'infirmière et qui, tournant à l'angle de la rue, voyaient Sophia, à l'instant encore chaste, se précipiter à un banquet, étrangement métamorphosée, la poitrine dénudée et le vêtement opulent, entourée d'amants et de serviteurs. C'était Helena et non Sophia, ils avaient beau se le dire, il n'empêche qu'à partir de ce moment, ils ne pouvaient plus penser à la dévote sans imaginer sa nudité et se retrouvaient impies en pleine dévotion. L'esprit incertain errait ainsi de l'une à l'autre et divaguait tellement que les sens prenaient souvent le chemin inverse de la volonté, que les jeunes hommes rêvaient au corps de l'intouchable quand ils étaient chez la vénale et regardaient au contraire la pieuse Samaritaine avec les yeux blasphématoires du désir. Car le Créateur a en quelque sorte fabriqué les sens des hommes de travers, de sorte que leur volonté exige tout le temps des femmes le contraire de ce qu'elles leur accordent : si l'une d'elles donne son corps avec facilité, ils lui savent peu gré de ce présent et font comme s'ils ne pouvaient aimer convenablement que l'innocence. Mais si une femme défend son innocence, ils vont être tentés au septuple de lui arracher ce qu'elle protège. Ainsi, aucun désir ne comble ni ne contente jamais le déchirement masculin, qui veut une éternelle opposition entre la chair et l'esprit : mais ici, un diable malicieux avait fait un double nœud à la situation car la courtisane et la dévote, Helena et Sophia, semblaient avoir à tel point un seul et même corps qu'on ne pouvait les distinguer l'une de l'autre et qu'aucun homme ne savait plus très bien laquelle il désirait véritablement. Il en résulta qu'on vit soudain les débauchés de la ville plus souvent devant l'hospice qu'à la taverne, et les dépravés inciter la courtisane, en échange d'or, à revêtir la bure grise de sa sœur pour les jeux de l'amour et à parfaire ainsi l'illusion d'avoir joui de l'intouchée, de Sophia. Toute la ville, que dis-je ?, toute la contrée furent entraînées dans ce jeu absurdement excitant de quiproquos et aucune parole de l'évêque, aucun avertissement du bailli de la ville n'eut plus aucun pouvoir sur ce scandale qui se répétait chaque jour.

Mais au lieu de se résigner sororalement à la situation et de se satisfaire de ce que l'une fût la plus riche et l'autre la plus pure de la ville, toutes les deux entourées d'admiration et de respect, les cœurs des deux ambitieuses palpitaient de hargne, se demandant comment se faire du tort l'une à l'autre. Sophia se mordait les lèvres de colère quand elle entendait dire de quelle manière sa sœur déshonorait sa conduite sacrificielle en se livrant à un coupable jeu de masques. Helena quant à elle fouettait ses valets de rage quand ils lui rapportaient que des pèlerins étrangers s'inclinaient avec respect devant sa sœur et que des femmes embrassaient la poussière que ses pieds avaient touchée. Or, plus les deux impétueuses voulaient se nuire mutuellement, plus leur haine se faisait hargneuse, plus elles feignaient la compassion l'une pour l'autre. À table, d'une voix émue, Helena plaignait sa sœur d'affliger si absurdement son plaisir et sa jeunesse en soignant des vieillards rabougris que la vie avait de toute façon visiblement voués à la mort. Sophia, elle, terminait chaque jour sa prière du soir par une formule particulière destinée aux pauvres pécheresses qui, pour des jouissances superficielles et éphémères, passaient sottement à côté de la satisfaction suprême qui consistait à transformer sa vie en une œuvre pieuse et secourable. Mais quand elles remarquèrent qu'elles ne pourraient détourner l'autre du chemin emprunté ni par des émissaires ni par des messagers, elles commencèrent peu à peu à se rapprocher l'une de l'autre, comme deux lutteurs qui, mine de rien, préparent déjà du regard et de la main la prise avec laquelle ils envisagent de précipiter leur adversaire au sol. Elles commencèrent à se rendre visite de plus en plus souvent et à feindre l'une pour l'autre un tendre souci, alors que chacune aurait donné son âme pour faire subir le pire à sa sœur.

Voilà que Sophia, celle qui était humble par orgueil, avait une fois de plus rendu visite à sa sœur après les vêpres, afin de la mettre en garde contre sa conduite scandaleuse. Dans un discours prolixe, elle avait de nouveau sermonné sa sœur déjà impatientée en lui disant à quel point elle avait tort d'avilir ainsi son corps soumis à la volonté divine pour en faire un buisson du péché. Helena, dont les servantes étaient précisément en train d'oindre ce corps soumis à la volonté divine afin qu'il soit frais et dispos pour son commerce sacrilège, l'écoutait mi-courroucée, mi-rieuse et se demandait si elle allait faire enrager cette ennuyeuse donneuse de leçons par quelques plaisanteries blasphématoires ou si, mieux encore, elle allait faire venir dans la pièce quelques jouvenceaux afin d'égarer leurs regards. Soudain, ce fut comme si, telle une mouche discrètement bourdonnante, une étrange idée lui avait effleuré la tempe, une idée vraiment démoniaque, espiègle et dangereuse, de sorte qu'elle put à peine contenir un rire intérieur. Et tout à coup, elle qui était encore insolente l'instant d'avant changea de comportement, chassa de la pièce servantes et garçons de bain, dans le dessein, à peine serait-elle seule avec sa sœur, de voiler d'un masque de contrition ses yeux qui pétillaient en dedans. Ah, que sa sœur ne croie pas – tels furent les premiers mots de cette femme qui maîtrisait tous les arts de la dissimulation – qu'elle n'ait pas elle-même souvent ressenti de la honte à se voir empêtrée dans une conduite aussi pécheresse et aussi déraisonnable. Bien souvent déjà, le dégoût s'était emparé d'elle face à la luxure bestiale des hommes, souvent déjà, elle avait décidé de s'en défendre à jamais et d'entamer une vie simple et honnête. Mais elle sentait, en réalité, que toute défense ici était vaine, car Sophia, qui possédait cette force de l'âme et ne succombait pas comme elle à la faiblesse de la chair, ne se doutait pas du pouvoir de séduction masculin, auquel aucune femme d'expérience ne pouvait résister. Ah, Sophia, la bienheureuse, ne se doutait pas de la violence avec laquelle l'homme manifestait son empressement, mais, dans cette violence même était aussi à l'œuvre une étrange douceur, face à laquelle on ne pouvait que capituler docilement, en dépit de sa propre volonté.

Sophia, extrêmement étonnée d'une confession aussi inespérée, à laquelle elle ne se serait jamais attendue dans la bouche de sa sœur, friande de richesses et de plaisirs, s'empressa d'employer toute son éloquence. Helena avait enfin été touchée par un rayon divin, ainsi commença-t-elle son prêche, car l'aversion du péché était à elle seule le début d'une véritable connaissance de la vérité. Cependant, l'erreur et le découragement aliénaient encore son esprit quand elle affirmait qu'il n'était pas possible de résister aux sollicitations de la chair grâce à une volonté raffermie : la volonté de parvenir au Bien, renforcée au fond du cœur comme de l'airain, était capable de l'emporter sur toute tentation et l'Histoire en offrait aux païens comme aux croyants d'innombrables exemples. Mais Helena se contenta de baisser la tête avec mélancolie. Ah, gémit-elle, elle aussi avait lu avec admiration des textes sur le combat héroïque mené contre le démon de la sensualité. Mais Dieu avait conféré aux hommes une plus grande force physique ainsi qu'un esprit plus endurci et les avait destinés à être les guerriers victorieux de la querelle de Dieu. Cependant, jamais une faible femme – et elle poussait force soupirs à ces mots – ne pouvait résister aux ruses et aux séductions des hommes et de sa vie, elle n'avait rencontré l'exemple d'une femme qui aurait su se défendre de l'amour masculin à partir du moment où celui-ci se faisait pressant.

« Comment peux-tu dire une chose pareille ? » s'emporta Sophia, défiée dans son irrépressible fatuité. « Ne suis-je pas moi-même l'exemple qu'une volonté déterminée est tout à fait capable de se défendre de ce bestial empressement masculin ? Cette horde m'assiège du matin au soir, ils se faufilent jusque dans l'hospice pour me suivre, et je trouve le soir sur ma couche des lettres aux incitations les plus ignominieuses. Et pourtant, personne ne m'a vue accorder ne serait-ce qu'un regard à l'un d'entre eux, car ma volonté me protège de toute tentation. Ce que tu dis n'est donc pas vrai : si la volonté d'une femme est sincère, elle est capable de se défendre, j'en suis moi-même l'exemple.

— Ah, je sais bien que tu as su te défendre de toute tentation jusqu'ici », répondit Helena, feignant une fausse humilité en levant les yeux vers sa sœur, « mais tu y parviens seulement parce que toi, bienheureuse, tu es protégée par ton habit et l'austère service que tu assumes. Tu es entourée du soutien de sœurs pieuses et tu vis proscrite derrière la muraille protectrice de la communauté – tu n'es pas seule, tu n'es pas sans défense comme moi ! Mais ne va pas croire pour autant que tu doives ta pureté à tes propres forces car je suis même certaine, Sophia, que toi aussi, à partir du moment où tu serais face à un jeune homme, tu ne pourrais ni ne voudrais lui tenir tête. Toi aussi, tu lui succomberais, comme nous lui avons toutes succombé !

— Jamais ! Moi, jamais, répliqua l'ambitieuse avec fougue. Je me targue de triompher de toute épreuve uniquement par la force de ma volonté, y compris sans la protection de mon habit. »

Or, c'est précisément ce qu'Helena voulait entendre de Sophia. Attirant pas à pas l'orgueilleuse vers le piège qu'elle lui tendait, elle ne cessa de mettre en doute la possibilité d'une telle résistance jusqu'à ce que Sophia elle-même insistât violemment pour subir une épreuve décisive. Elle désirait cette épreuve, oui, elle l'exigeait, afin que sa sœur, la faible, reconnaisse enfin qu'elle devait son intégrité non à une protection étrangère mais à sa force intérieure. Helena sembla alors réfléchir longuement – et son cœur battait dans sa poitrine d'impatience mauvaise – puis elle finit par dire : « Écoute, Sophia, voilà ce qui serait peut-être la véritable épreuve. Demain soir, j'attends Sylvandre, le plus beau jeune homme du pays, à qui aucune femme n'a encore résisté et qui pourtant me désire plus que toutes les autres. Il va parcourir vingt-huit milles à cheval rien que pour moi et m'apportera sept livres d'or pur ainsi que d'autres présents uniquement pour être mon compagnon de nuit. Mais même s'il arrivait les mains vides, je ne le repousserais pas, oui, j'achèterais une nuit avec lui du même poids d'or, car aucun n'est plus beau et plus distingué que lui. Or, Dieu nous a créées si ressemblantes l'une à l'autre quant au visage, aux propos et à l'apparence que si tu portais ma robe, personne ne supposerait une supercherie. Attends donc demain Sylvandre à ma place dans ma demeure et partage sa table. Mais si ensuite, te prenant pour moi, il désire ton corps, défends-toi par toutes sortes de prétextes. Moi, j'attendrai et je guetterai dans la pièce adjacente pour voir si tu es capable de lui fermer tes sens jusqu'à minuit. Mais encore une fois, ma chère sœur, je te mets en garde : sa présence est une grande tentation et la faiblesse de notre propre cœur est plus dangereuse encore. Je crains, ma chère sœur, que tu ne succombes à une tentation inattendue, déroutée que tu seras en raison de ta vie retirée, et c'est pourquoi je te conjure de plutôt renoncer à un jeu aussi hardi. »

Tandis que la rusée à la fois attirait et avertissait sa sœur de cette façon, ce discours tellement habile ne faisait que répandre de l'huile sur le feu brûlant de sa fatuité. Sophia se vanta fièrement : s'il ne s'agissait que d'une épreuve aussi futile, elle se targuait d'en venir aisément à bout et elle se faisait fort de maîtriser l'empressement de Sylvandre non pas jusqu'à minuit mais jusqu'au petit matin – elle réclamait seulement de porter sur elle un poignard, au cas où l'impertinent oserait faire usage de la violence.

En entendant ce discours orgueilleux, Helena tomba aux genoux de sa sœur, en apparence submergée d'admiration, mais en réalité pour cacher la joie mauvaise qui brillait dans ses yeux, et elles convinrent que le lendemain soir, ce serait Sophia, la dévote, qui recevrait Sylvandre ; Helena, quant à elle, jura de mettre à jamais un terme à sa conduite éhontée, au cas où sa sœur parviendrait à résister. Sophia se hâta de rejoindre ses compagnes, afin de raffermir ses propres forces au contact de l'expérience de ces femmes qui vivaient magnifiquement en retrait du monde depuis des années, et se consacraient entièrement à la misère et au dépérissement d'autrui. Elle soigna avec un dévouement décuplé les malades les plus gravement atteints et les plus difficiles afin de ressentir devant leurs corps souffreteux et détruits l'éphémère de toute chose terrestre ; ces existences hâves et délabrées n'avaient-elles pas été elles aussi autrefois aimantes et vouées à la passion ? et qu'en était-il resté – une putréfaction vivante, une décrépitude respirant à grand-peine.

Mais pendant ce temps, Helena ne restait pas inactive non plus. Versée dans l'art de convoquer et retenir Éros, ce dieu lunatique, elle fit d'abord confectionner par son cuisinier calabrais des mets très étranges, dangereusement épicés de toutes les incitations à la volupté. Elle fit mêler aux terrines du castoréum, de l'orpin ainsi que des préparations au poivre et à la cantharidine, mais elle fonça le vin avec de la jusquiame et des plantes puissantes qui plongent prématurément les sens dans une fatigue bleue. Par ailleurs, elle commanda de la musique afin que soit aussi présente cette éternelle entremetteuse qui s'insinue comme un zéphyr dans l'âme languissamment entrouverte. Elle ordonna aux flûtistes enjôleurs et aux cymbalistes enfiévrés de se dissimuler dans la pièce adjacente, invisibles aux regards et de ce fait d'autant plus périlleux pour un cœur exalté ne se doutant de rien. Après avoir pris soin de préchauffer ainsi le four du diable, elle attendit le combat avec impatience, et lorsque le soir, Sophia, l'orgueilleuse dévote, pâle à force de veiller et nerveuse face au danger si proche qu'elle avait elle-même invoqué, fit son apparition, elle fut dès le seuil assaillie par un groupe de jeunes domestiques qui accompagnèrent aussitôt l'étonnée vers un bain épicé de plantes odorantes. Là, elles débarrassèrent le corps juvénile de la jeune femme rougissante de sa bure grise quotidienne et lui frottèrent si tendrement et si fortement les bras, les cuisses et le dos de pétales froissés et de baumes entêtants qu'elle sentit son sang pétiller sous ses pores. Sur sa peau frémissante ruissela tantôt de l'eau fraîche tantôt un flot brûlant et chaud ; puis des mains voletantes lissèrent son corps échauffé en utilisant une huile de narcisse onctueuse, le pétrirent doucement et frottèrent avec tant de vigueur cette peau resplendissante au moyen de fourrures de chat crépitantes que des éclairs bleus jaillissaient du sommet des poils : pour résumer, sans qu'elle osât opposer de résistance, elles apprêtèrent la dévote exactement comme elles apprêtaient tous les soirs Helena pour les jeux de l'amour. Entre-temps, les flûtes exhalaient leur musique craintive et pressante, et les gouttes de cire qui tombaient des flambeaux accrochés aux murs fleuraient le santal brûlant. Lorsque Sophia, très décontenancée par ces procédés inhabituels, s'allongea enfin sur le lit de repos et que les miroirs métalliques lui renvoyèrent le reflet de son visage, elle eut l'impression d'être une étrangère et pourtant belle comme jamais. Son corps lui paraissait léger, semblable à un plaisir vivant, et elle éprouvait par ailleurs une grande honte à ressentir cette volupté aussi voluptueusement. Mais sa sœur ne la laissa pas longtemps en proie à ces sentiments contradictoires. Elle s'approcha d'elle avec la tendresse d'une chatte et loua la beauté de sa sœur en termes si chatoyants que celle-ci, confuse, finit par l'admonester avec brusquerie. Les deux sœurs s'enlacèrent encore une fois avec hypocrisie, l'une tremblant de nervosité et de peur, l'autre d'impatience et de désir malveillant. Puis Helena fit allumer les lumières et disparut telle une ombre dans la pièce adjacente, afin d'épier le spectacle témérairement conçu.

La courtisane avait depuis longtemps fait savoir par un message à Sylvandre quelle étrange aventure l'attendait et lui avait expressément enjoint de faire d'abord oublier toute précaution et tout souci à la présomptueuse en faisant preuve de réserve et d'une grande décence. Et lorsque Sylvandre, curieux et vaniteux, sûr d'emporter ce combat si singulier, entra enfin et que Sophia toucha involontairement de la main gauche le poignard emporté pour se protéger de toute violence, elle fut étonnée de voir avec quelle politesse déférente l'abordait cet amant supposé impudent. Car il n'essaya pas – bien informé par la sœur – de prendre dans ses bras cette femme à la respiration craintive, il ne la salua pas non plus d'une formule familière, mais commença au contraire par fléchir le genou devant elle dans une attitude à la fois tendre et humble. Puis il prit des mains du domestique qui se retirait une très lourde chaîne en or ainsi qu'une cape pourpre en soie de Provence et la pria courtoisement de lui accorder le droit de la recouvrir de ce vêtement et de placer cette chaîne sur ses épaules. Sophia ne pouvait répondre autrement à tant de bienséance qu'en se montrant complaisante ; sans bouger, elle le laissa la ceindre de la chaîne et du riche vêtement, non sans ressentir avec quelle légèreté cajoleuse ses doigts brûlants glissaient le long de sa nuque en même temps que le froid de la chaîne. Mais comme Sylvandre n'entreprenait toujours rien de hardi, Sophia n'eut pas l'occasion de s'emporter précipitamment, Au lieu de se faire pressant, l'hypocrite s'inclina une nouvelle fois et lui dit sur un ton d'extrême honte qu'il se sentait indigne de partager sa table, car la poussière de la route adhérait encore à son vêtement et il lui demandait la permission de commencer par nettoyer ses cheveux et son corps. Embarrassée, Sophia fit venir les domestiques et leur ordonna de conduire Sylvandre dans la salle des bains. Mais les servantes, obéissant à un ordre secret de leur maîtresse Helena et mésinterprétant à dessein les paroles de Sophia, débarrassèrent en un tour de main le jeune homme de ses habits, de sorte qu'il se retrouva déshabillé devant elle, nu et beau, semblable à la statue de l'Apollon païen qui se trouvait auparavant sur la place du marché et que l'évêque avait fait mettre en pièces. Alors seulement elles huilèrent son corps, baignèrent ses pieds d'eau chaude ; sans hâte, elles entrelacèrent des roses dans les cheveux du jeune homme nu et souriant, avant de l'habiller enfin d'un vêtement neuf et scintillant. Et tandis qu'il venait vers elle dans cette nouvelle parure, il paraissait encore plus beau qu'auparavant. Mais à peine avait-elle perçu cette grâce particulière qu'elle en voulait déjà à ses propres yeux et s'assura rapidement que le poignard salvateur était toujours bien dissimulé à portée de main dans sa robe. Cependant, elle n'eut pas l'occasion de s'en saisir car le beau jeune homme lui tenait des propos d'une aimable banalité, en gardant comme les maîtres érudits de l'hospice une distance polie, et l'opportunité ne se présentait toujours pas – ce qui la contrariait déjà plus que cela ne la réjouissait – de parader en affichant un exemple de constance féminine face à sa sœur qui l'épiait à côté. Car pour défendre sa vertu, il est notoirement nécessaire que celle-ci soit d'abord attaquée. Or la tempête de la passion ne voulait en aucune façon se lever chez Sylvandre, seule une brise de courtoisie modeste et faible soufflait mollement sur sa conversation, et les flûtes, dont les voix pressantes bruissaient peu à peu dans la pièce adjacente, s'exprimaient plus tendrement que la bouche vermeille et par ailleurs désirable du jouvenceau. Il parlait sans discontinuer de ses combats et de ses expéditions guerrières, comme s'il était assis dans un cercle de compagnons de table masculins, et son indifférence était simulée avec tant de brio qu'elle ôta toute inquiétude à Sophia. Elle savoura sans réserve les mets dangereusement épicés et le vin secrètement enjôleur. Oui, impatiente et peu à peu contrariée par cette froideur ne lui laissant pas la moindre occasion de démontrer la ténacité de sa vertu et de faire ses preuves face à sa sœur, dans un bel agacement, elle finit par défier elle-même le danger. Elle découvrit fortuitement dans sa gorge un rire qu'elle ne se connaissait pas, une radieuse envie de se laisser aller et en même temps de se retenir, tout cela dans une exubérance enjouée, cependant, elle n'éprouva ni contrainte ni honte, en effet, minuit approchait, le poignard était à portée de main, et ce jeune homme soi-disant si concupiscent était plus froid que la lame de fer de ce même couteau. Elle se rapprocha de plus en plus de lui, afin que sa vertu trouve enfin l'occasion d'une défense glorieuse et malgré elle, la vaniteuse, poussée par l'ambitieux désir de prouver sa constance, déploya exactement le même art de la tentation que celui exercé d'habitude par sa courtisane de sœur pour une rétribution on ne peut plus terrestre.

Mais comme le dit un sage proverbe, il ne faut pas toucher un seul poil de la barbe du diable, de peur qu'il ne vous attrape inopinément par le cou. Et c'est ce qui arriva ici aussi à la vaniteuse belligérante, avide de combats. Car inaccoutumée au vin, dont elle ne soupçonnait pas les tanins luxurieux, étourdie par les encens, dont la lourde fragrance s'élevait peu à peu, légèrement affaiblie par le son lancinant des flûtes, ses sens se troublèrent peu à peu. Son rire se mua en bégaiement, son exubérance en excitation et aucun docteur de la faculté n'aurait su dire devant un tribunal si la chose se produisit à l'état de veille ou de sommeil, à jeun ou ivre, avec ou sans son consentement – pour résumer, il se produisit, bien longtemps avant que sonne minuit, ce que Dieu ou son rival veut qu'il se produise finalement entre une femme et un homme. Le poignard préparé en secret s'échappa soudain de la robe défaite et tomba en tintant sur le sol de marbre ; mais curieusement, la dévote fatiguée ne le ramassa pas pour le brandir, telle une nouvelle Lucrèce, face au jeune homme dangereusement proche, depuis la pièce adjacente, on n'entendit ni larmes ni lutte. Et lorsque à minuit, triomphante, la sœur corrompue fit irruption avec sa troupe de domestiques dans la chambre devenue nuptiale et brandit un flambeau curieux au-dessus de la couche de la vaincue, il n'y avait plus ni silence ni honte possible. Suivant une coutume païenne, les servantes impudentes répandirent sur le lit de repos des roses plus vermeilles que les joues de la sœur rougissante, qui à présent titubait et réalisait trop tard sa mésaventure de femme. Mais sa sœur prit cordialement l'égarée dans ses bras, les flûtes jubilèrent, les cymbales retentirent comme si Pan était revenu en terre chrétienne, les servantes impudentes et dénudées dansèrent et invoquèrent Éros, le dieu répudié, en chantant ses louanges. Puis la troupe, tourbillonnant comme dans une bacchanale, alluma un feu de bois aux essences odorantes et les flammes dévorèrent de leurs langues avides le pieux vêtement rabaissé par esprit de raillerie. Mais autour du cou de la nouvelle hétaïre, qui avait honte d'avouer sa défaite et qui, avec un sourire éperdu, feignait de s'être donnée de son plein gré au beau jeune homme, elles mirent les mêmes roses qu'à sa sœur et maintenant que les deux femmes se tenaient l'une à côté de l'autre, l'une rougissant de honte et l'autre du feu de son triomphe, plus personne n'aurait été capable de distinguer Sophia d'Helena, la supposée humble de l'orgueilleuse, et les regards lascifs du jeune homme oscillaient de l'une à l'autre, pleins d'une convoitise renouvelée et doublement impatiente.

Entre-temps, la horde exubérante avait bruyamment ouvert les portes et les fenêtres du palais. Les oiseaux de nuit et le peuple dissolu vite réveillé se joignirent à elle en riant, et bien avant que le soleil se répande au-dessus des toits, se déversa dans les rues comme l'eau tombant des gouttières la nouvelle de la magnifique victoire remportée par Helena sur la sage Sophia, par l'impudeur sur la pudeur. Or, à peine les hommes de la cité eurent-ils appris que cette vertu longtemps préservée était tombée, qu'ils se précipitèrent pleins de concupiscence et trouvèrent bon accueil (ne taisons pas cette honte) car Sophia, qui changea aussi vite d'attitude que d'atours, resta chez Helena, sa sœur, et chercha à l'imiter dans son zèle et son ardeur. C'en était désormais fini des chamailleries et des jalousies, et depuis qu'elles s'adonnaient au même commerce ignominieux, les deux sœurs impudiques vivaient ensemble au sein de cette demeure dans l'harmonie la plus radieuse. Elles portaient la même coiffure, les mêmes bijoux, exactement les mêmes habits et comme les jumelles ne pouvaient plus, par ailleurs, être distinguées grâce à leurs rires et leurs propos amoureux, commença pour les débauchés un jeu voluptueux sans cesse renouvelé, un rébus de regards, de baisers et de tendresses pour deviner laquelle ils tenaient à ce moment-là entre leurs bras, Helena la courtisane ou Sophia, la dévote d'autrefois. Mais il était rare que l'un d'eux parvienne à savoir auprès de qui il avait dilapidé son argent, tant les deux sœurs avaient l'air parfaitement ressemblantes, et ce couple avisé trouvait en outre un plaisir tout particulier à berner les curieux.

Ce ne fut pas le premier cas de ce genre dans notre monde d'illusions, Helena l'avait donc emporté sur Sophia, la beauté sur la sagesse, le vice sur la vertu, la chair toujours faible sur l'esprit inconstant et arbitraire, et une fois de plus, il fut prouvé ce que Job déplorait déjà dans ses mémorables propos, à savoir que le méchant est épargné ici-bas, tandis que l'innocent est confus et le juste un objet de raillerie. Car aucun officier des douanes ni collecteur d'impôts, aucun tonnelier ni prêteur sur gages, aucun orfèvre ni boulanger, aucun coupeur de bourses ni voleur d'églises n'empocha dans tout le pays autant d'argent grâce à son labeur acharné que les deux sœurs grâce à leur doux zèle. Fidèles alliées, elles vidèrent les havresacs les plus épais et percèrent les coffres les plus remplis, toutes les nuits, l'argent et les bijoux accouraient telles des souris dans leur demeure. Et du fait que les jumelles avaient hérité de leur mère non seulement la beauté mais aussi le souci de l'économie propre aux épiciers, elles ne dilapidèrent aucunement cet or en vaines babioles comme la plupart des femmes de leur genre ; non, avec plus d'intelligence que celles-ci, elles prêtèrent soigneusement leur argent à usure et à intérêt, le donnèrent à engraisser à des chrétiens, des païens et des juifs et pratiquèrent l'usure avec tant de dureté que bientôt, nulle part ailleurs que dans cette terrible maison, ne furent accumulés autant de richesses, de pièces de monnaie et de camées, de titres et d'obligations hypothécaires. Rien d'étonnant qu'avec un tel exemple sous les yeux, les jeunes filles du pays n'aient plus voulu devenir récureuses ni voir leurs doigts bleuir de froid au bord du baquet, et cette cité eut bientôt la mauvaise réputation d'être une nouvelle Sodome parmi les cités en raison de la présence éhontée des sœurs enfin tombées d'accord.

Mais les vieux proverbes ont aussi raison quand ils disent : quelle que soit la vitesse du cheval du diable, il finit quand même par se casser la jambe avant d'arriver au but. Ici aussi, le scandale allait trouver une fin édifiante. Car au fil des ans, les hommes se fatiguèrent peu à peu de ce jeu de devinettes toujours recommencé. Les hôtes se firent plus rares, les flambeaux s'éteignirent plus tôt dans la demeure, tout le monde savait depuis longtemps, seules les sœurs l'ignoraient, ce que le miroir racontait en silence aux lumières vacillantes : que de petites rides nichaient sous les yeux exubérants et que la nacre commençait à s'écailler sur la peau qui se relâchait peu à peu. Elles essayèrent alors en vain de racheter par des artifices ce que la Nature, l'impitoyable, leur enlevait à chaque instant, en vain, elles effacèrent le gris sur leurs tempes, elles lissèrent les flétrissures avec des couteaux d'ivoire, elles peignirent de rouge leurs lèvres et le pourtour de leur bouche fatiguée ; les années vécues avec frénésie ne pouvaient plus être dissimulées plus longtemps et à peine la jeunesse se fut-elle éloignée des deux sœurs que les hommes se lassèrent d'elles. Car, tandis que celles-là se fanaient, des jeunes filles grandissaient sans cesse autour d'eux dans la rue, tous les ans arrivait une autre génération, de mignonnes créatures aux petits seins et aux boucles coquines, doublement tentantes pour la curiosité masculine de par l'intégrité de leur corps. Alors, dans la demeure sur la place du marché, le silence s'amplifia, les gonds des portes se mirent à rouiller, les flambeaux brûlaient et les encens embaumaient vainement, personne n'attendait plus pour se réchauffer la cheminée ou le corps paré des deux sœurs. Les flûtistes, que nul ne venait écouter, ne s'exerçaient plus non plus, ennuyés, à leur art enjôleur mais passaient leur temps à jouer aux dés, et le portier censé attendre les hôtes toute la nuit grossissait à force de ne pas être dérangé dans son sommeil. Cependant, à l'étage, les deux sœurs étaient assises toutes seules à la grande table qui retentissait autrefois de l'empressement de tous ces rires, et comme aucun amant ne leur servait plus de passe-temps, elles avaient largement le loisir de se rappeler le passé. Sophia surtout se remémorait avec mélancolie l'époque où, tournant le dos à toute volupté terrestre, elle s'était entièrement consacrée à une conduite austère et agréable à Dieu ; elle reprenait alors souvent les livres pieux pleins de poussière, car on le sait, la sagesse revient volontiers aux femmes dès que la beauté les fuit. Et c'est ainsi qu'un miraculeux changement d'état d'esprit se prépara peu à peu chez les deux sœurs, car si dans leur jeunesse, Helena, la courtisane, l'avait emporté sur Sophia, la dévote, Sophia – certes sur le tard et après avoir amplement péché – trouvait désormais une oreille attentive chez sa sœur par trop terrestre, quand celle-ci lui prêchait le renoncement. Aux petites heures du matin commencèrent de secrètes allées et venues ; ce fut d'abord Sophia qui se faufila pour demander pardon dans l'hospice qu'elle avait quitté de façon si offensante, puis Helena l'accompagna, et lorsque toutes deux déclarèrent vouloir faire don à cette maison pour l'éternité de tout l'argent amassé grâce au blasphème, même les plus sceptiques n'eurent plus le droit de douter du sérieux de leur pénitence.

Un matin, alors que le portier sommeillait

encore, deux femmes vêtues simplement et la face voilée sortirent comme des ombres de l'opulente demeure de la place du marché, ressemblant quelque peu par leur démarche timide et humble à cette femme, leur mère, qui avait quitté cinquante ans auparavant sa richesse rapidement acquise pour retourner en toute discrétion dans la basse ruelle de sa pauvreté. Elles se glissèrent en catimini par la porte craintivement entrouverte et celles qui avaient exigé, leur vie durant, que tout un pays leur prête attention en raison de la rivalité démesurée de leur vanité, se couvraient désormais le visage avec anxiété, pour que personne ne devine leur chemin et qu'on oublie leur destin, vécu dans une humilité dissimulée ; il paraît – nul ne le sait exactement – qu'elles sont mortes dans un couvent pour femmes d'un pays étranger où personne ne soupçonnait leur origine, après plusieurs années d'une vie retirée et silencieuse. Mais les trésors dont elles firent don à cet asile pieux étaient si abondants, on retira tant de boisseaux d'or de la vente des bracelets, pièces de monnaie, pierres précieuses et obligations qu'afin d'embellir et de parachever la ville, il fut décidé de construire un nouvel et magnifique hospice, tel qu'on n'en avait jamais vu de plus beau et de plus grand en pays aquitain. Un architecte du Nord en esquissa les plans, une main-d'œuvre considérable y travailla nuit et jour pendant vingt ans et lorsque cet éminent édifice fut enfin dévoilé, la foule s'ébahit une fois de plus. Car contrairement à la coutume en usage jusqu'alors, selon laquelle une seule tour dressait obstinément vers le ciel sa tête quadrangulaire en pierre de taille au-dessus du bâtiment carré – deux tours s'élançaient ici, l'une à droite, l'autre à gauche, sveltes comme une femme et ceintes de dentelles de pierre, si semblables l'une à l'autre par la silhouette, les proportions et la grâce délicate de la pierre sculptée que dès le premier jour, les gens les appelèrent « les sœurs » – qui sait ?, uniquement en raison de leur symétrie extérieure, mais peut-être aussi parce que le peuple, qui aime toujours transmettre les événements mémorables au fil des ans et des siècles, ne voulait pas oublier cette légende incongrue sur le chemin terrestre ni la métamorphose des deux sœurs semblables-dissemblables que me raconta ce brave bourgeois, peut-être un rien animé par le vin, à minuit, au clair de lune.

COLLECTION FOLIO 3€

Dernières parutions

5466. Jack Kerouac	*Sur les origines d'une génération* suivi du *Dernier mot*
5468. Patrick Pécherot	*Petit éloge des coins de rue*
5469. George Sand	*Le château de Pictordu*
5471. Martin Winckler	*Petit éloge des séries télé*
5532. Grimm	*Hänsel et Gretel* et autres contes
5607. Éric Fottorino	*Petit éloge du Tour de France*
5609. Frédéric Martinez	*Petit éloge des vacances*
5610. Sylvia Plath	*Dimanche chez les Minton* et autres nouvelles
5611. Lucien	*« Sur des aventures que je n'ai pas eues ». Histoire véritable*
5631. Boccace	*Le Décaméron. Première journée*
5634. Belinda Cannone	*Petit éloge du désir*
5635. Collectif	*Faites vos jeux ! Les jeux en littérature*
5637. Denis Diderot	*Sur les femmes* et autres textes
5638. Elsa Marpeau	*Petit éloge des brunes*
5639. Edgar Allan Poe	*Le sphinx* et autres contes
5640. Virginia Woolf	*Le quatuor à cordes* et autres nouvelles
5714. Guillaume Apollinaire	*« Mon cher petit Lou ». Lettres à Lou*
5715. Jorge Luis Borges	*Le Sud* et autres fictions
5721. Olympe de Gouges	*Déclaration des droits de la femme et de la citoyenne* et autres écrits *« Femme, réveille-toi ! »*
5722. Tristan Garcia	*Le saut de Malmö* et autres nouvelles
5723. Silvina Ocampo	*La musique de la pluie* et autres nouvelles
5760. Leonardo Sciascia	*La tante d'Amérique*
5762. Amos Oz	*Chanter* et autres nouvelles
5794. James Joyce	*Un petit nuage* et autres nouvelles
5795. Blaise Cendrars	*L'Amiral*

5797. Ueda Akinari	*La maison dans les roseaux* et autres contes
5798. Alexandre Pouchkine	*Le coup de pistolet* et autres récits de feu Ivan Pétrovitch Bielkine
5818. Mohammed Aïssaoui	*Petit éloge des souvenirs*
5819. Ingrid Astier	*Petit éloge de la nuit*
5820. Denis Grozdanovitch	*Petit éloge du temps comme il va*
5821. Akira Mizubayashi	*Petit éloge de l'errance*
5835. Francis Scott Fitzgerald	*Bernice se coiffe à la garçonne* précédé du *Pirate de la côte*
5838. Ihara Saikaku	*Histoire du tonnelier tombé amoureux* suivi d'*Histoire de Gengobei*
5896. Collectif	*Transports amoureux. Nouvelles ferroviaires*
5897. Alain Damasio	*So phare away* et autres nouvelles
5898. Marc Dugain	*Les vitamines du soleil*
5900. Henry James	*Le fantôme locataire* précédé d'*Histoire singulière de quelques vieux habits*
5901. François Poullain de La Barre	*De l'égalité des deux sexes*
5902. Junichirô Tanizaki	*Le pied de Fumiko* précédé de *La complainte de la sirène*
5903. Ferdinand von Schirach	*Le hérisson* et autres nouvelles
5904. Oscar Wilde	*Le millionnaire modèle* et autres contes
5905. Stefan Zweig	*Découverte inopinée d'un vrai métier* suivi de *La vieille dette*
5973. Collectif	*Pourquoi l'eau de mer est salée* et autres contes de Corée
5974. Honoré de Balzac	*Voyage de Paris à Java* suivi d'*Un drame au bord de la mer*
5976. Joseph Kessel	*Le paradis du Kilimandjaro* et autres reportages
5977. Jack London	*Une odyssée du Grand Nord* précédé du *Silence blanc*
5992. Pef	*Petit éloge de la lecture*
5994. Thierry Bourcy	*Petit éloge du petit déjeuner*
5995. Italo Calvino	*L'oncle aquatique* et autres récits cosmicomics

5996. Gérard de Nerval	*Le harem* suivi d'*Histoire du calife Hakem*
5997. Georges Simenon	*L'Étoile du Nord* et autres enquêtes de Maigret
5998. William Styron	*Marriott le marine*
5999. Anton Tchékhov	*Les groseilliers* et autres nouvelles
6001. P'ou Song-ling	*La femme à la veste verte. Contes extraordinaires du Pavillon du Loisir*
6002. H. G. Wells	*Le cambriolage d'Hammerpond Park* et autres nouvelles extravagantes
6042. Collectif	*Joyeux Noël ! Histoires à lire au pied du sapin*
6083. Anonyme	*Saga de Hávardr de l'Ísafjördr. Saga islandaise*
6084. René Barjavel	*Les enfants de l'ombre* et autres nouvelles
6085. Tonino Benacquista	*L'aboyeur* précédé de *L'origine des fonds*
6086. Karen Blixen	*Histoire du petit mousse* et autres contes d'hiver
6087. Truman Capote	*La guitare de diamants* et autres nouvelles
6088. Collectif	*L'art d'aimer. Les plus belles nuits d'amour de la littérature*
6089. Jean-Philippe Jaworski	*Comment Blandin fut perdu* précédé de *Montefellóne. Deux récits du Vieux Royaume*
6090. D.A.F. de Sade	*L'Heureuse Feinte* et autres contes étranges
6091. Voltaire	*Le taureau blanc* et autres contes
6111. Mary Wollstonecraft	*Défense des droits des femmes* (extraits)
6160. Théophile Gautier	*La Mille et Deuxième Nuit* et autres contes
6161. Roald Dahl	*À moi la vengeance S.A.R.L.* suivi de *Madame Bixby et le manteau du Colonel*
6162. Scholastique Mukasonga	*La vache du roi Musinga* et autres nouvelles rwandaises

6163. Mark Twain — *À quoi rêvent les garçons. Un apprenti pilote sur le Mississippi*
6178. Oscar Wilde — *Le Pêcheur et son Âme* et autres contes
6179. Nathacha Appanah — *Petit éloge des fantômes*
6180. Arthur Conan Doyle — *La maison vide* précédé du *Dernier problème. Deux aventures de Sherlock Holmes*
6181. Sylvain Tesson — *Le téléphérique* et autres nouvelles
6182. Léon Tolstoï — *Le cheval* suivi d'*Albert*
6184. Stefan Zweig — *Était-ce lui ?* précédé d'*Un homme qu'on n'oublie pas*
6210. Collectif — *Paris sera toujours une fête. Les plus grands auteurs célèbrent notre capitale*
6211. André Malraux — *Malraux face aux jeunes. Mai 68, avant, après. Entretiens inédits*
6241. Anton Tchékhov — *Les méfaits du tabac* et autres pièces en un acte
6242. Marcel Proust — *Journées de lecture*
6243. Franz Kafka — *Le Verdict – À la colonie pénitentiaire*
6245. Joseph Conrad — *L'associé*
6246. Jules Barbey d'Aurevilly — *La Vengeance d'une femme* précédé du *Dessous de cartes d'une partie de whist*
6285. Jules Michelet — *Jeanne d'Arc*
6286. Collectif — *Les écrivains engagent le débat. De Mirabeau à Malraux, 12 discours d'hommes de lettres à l'Assemblée nationale*
6319. Emmanuel Bove — *Bécon-les-Bruyères* suivi du *Retour de l'enfant*
6320. Dashiell Hammett — *Tulip*
6321. Stendhal — *L'abbesse de Castro*
6322. Marie-Catherine Hecquet — *Histoire d'une jeune fille sauvage trouvée dans les bois à l'âge de dix ans*
6323. Gustave Flaubert — *Le Dictionnaire des idées reçues*
6358. Sébastien Raizer — *Petit éloge du zen*
6359. Pef — *Petit éloge de lecteurs*

6360. Marcel Aymé — *Traversée de Paris*
6361. Virginia Woolf — *En compagnie de Mrs Dalloway*
6362. Fédor Dostoïevski — *Un petit héros*
6395. Truman Capote — *New York, Haïti, Tanger* et autres lieux
6396. Jim Harrison — *La fille du fermier*
6412. Léon-Paul Fargue — *Mon quartier* et autres lieux parisiens
6413. Washington Irving — *La Légende de Sleepy Hollow*
6414. Henry James — *Le Motif dans le tapis*
6415. Marivaux — *Arlequin poli par l'amour* et autres pièces en un acte
6417. Vivant Denon — *Point de lendemain*
6418. Stefan Zweig — *Brûlant secret*
6459. Simone de Beauvoir — *L'âge de discrétion*
6460. Charles Dickens — *À lire au crépuscule* et autres histoires de fantômes
6493. Jean-Jacques Rousseau — *Lettres sur la botanique*
6494. Giovanni Verga — *La Louve* et autres récits de Sicile
6495. Raymond Chandler — *Déniche la fille*
6496. Jack London — *Une femme de cran* et autres nouvelles
6528. Michel Déon — *Un citron de Limone* suivi d'*Oublie…*
6530. François Garde — *Petit éloge de l'outre-mer*
6531. Didier Pourquery — *Petit éloge du jazz*
6532. Patti Smith — *« Rien que des gamins »*
6546. Barack Obama — *Discours choisis*
6563. Jean Giono — *Refus d'obéissance*
6564. Ivan Tourguéniev — *Les Eaux tranquilles*
6566. Collectif — *Déclaration universelle des droits de l'homme*
6567. Collectif — *Bonne année ! 10 réveillons littéraires*
6579. Honoré de Balzac — *La Vendetta*
6580. Antoine Bello — *Manikin 100*
6581. Ian McEwan — *Mon roman pourpre aux pages parfumées* et autres nouvelles
6582. Irène Némirovsky — *Film parlé*
6618. Chimamanda Ngozi Adichie — *Le tremblement* précédé de *Lundi de la semaine dernière*

6619. Elsa Triolet	*Le destin personnel* suivi de *La belle épicière*
6650. Collectif	*Tous végétariens ! D'Ovide à Ginsberg, petit précis de littérature végétarienne*
6651. Hans Fallada	*Voyous, truands et autres voleurs*
6652. Marina Tsvétaïéva	*La tempête de neige – Une aventure. 2 pièces romantiques*
6653. Émile Zola	*Le Paradis des chats* et autres textes
6693. Corinne Atlan	*Petit éloge des brumes*
6694. Ludmila Oulitskaïa	*La soupe d'orge perlé* et autres nouvelles
6695. Stefan Zweig	*Les Deux Sœurs* précédé d'*Une histoire au crépuscule*
6727. Marcel Proust	*Vacances de Pâques* et autres chroniques
6728. Jane Austen	*Amour et amitié*
6742. Marguerite Yourcenar	*Les Songes et les Sorts*
6743. Les sœurs Brontë	*Autolouange* et autres poèmes
6744. F. Scott Fitzgerald	*Le diamant gros comme le Ritz*
6745. Nicolas Gogol	*2 nouvelles de Pétersbourg*
6746. Eugène Dabit	*Fauteuils réservés* et autres contes
6778. Annie Ernaux	*Hôtel Casanova* et autres textes brefs
6779. Victor Hugo	*Les Fleurs*
6798. Chimamanda Ngozi Adichie	*Nous sommes tous des féministes* suivi du *Danger de l'histoire unique*
6812. Ray Bradbury	*La fusée* et autres nouvelles
6813. Albert Cossery	*Les affamés ne rêvent que de pain* précédé de *Danger de la fantaisie*
6814. Georges Rodenbach	*Bruges-la-Morte*
6863. Zéno Bianu	*Petit éloge du bleu*
6876. Kazuo Ishiguro	*2 nouvelles musicales*
6888. Ovide	*Pénélope à Ulysse* et autres lettres d'amour de grandes héroïnes antiques
6889. Louis Pergaud	*La tragique aventure de Goupil* et autres contes animaliers
6890. Rainer Maria Rilke	*Notes sur la mélodie des choses* et autres textes

6917. Charles Baudelaire	*De l'essence du rire* et autres textes
6918. Marguerite Duras	*Madame Dodin*
6919. Madame de Genlis	*Mademoiselle de Clermont*
6945. Cesare Pavese	*La plage*
6946. Rabindranath Tagore	*À quatre voix*
6983. Jean-Pierre Siméon	*Petit éloge de la poésie*
6985. Belinda Cannone	*Petit éloge de l'embrassement*
7011. Collectif	*Écrire Marseille. 15 grands auteurs célèbrent la cité phocéenne*
7012. Fédor Dostoïevski	*Les Nuits blanches*
7026. George Orwell	*Pourquoi j'écris* et autres textes politiques
7027. Ivan Tourguéniev	*Le Journal d'un homme de trop*
7057. Nicolas de Condorcet	*Conseils à sa fille* et autres textes
7058. Jack Kerouac	*La grande traversée de l'Ouest en bus* et autres textes beat
7059. Albert Camus	« *Cher Monsieur Germain,…* » Lettres et extraits
7086. Federico García Lorca	*Aube d'été* et autres impressions et paysages
7087. Franz Kafka	*Blumfeld, un célibataire plus très jeune* et autres textes
7088. Georges Navel	*En faisant les foins* et autres travaux
7089. Robert Louis Stevenson	*Voyage avec un âne dans les Cévennes*
7124. Pef	*Petit éloge de l'aéroplane*
7125. Grégoire Polet	*Petit éloge de la Belgique*
7141. Louis Guilloux	*O.K., Joe !*
7142. Virginia Woolf	*Flush*
7174. Karen Blixen	*Ehrengarde*
7175. Paul Éluard	*L'amour la poésie*
7176. Franz Kafka	*Lettre au père*
7177. Jules Verne	*Le Rayon vert*
7216. Victor Hugo	*Préface de* Cromwell
7246. Collectif	*La poésie à vivre. Paroles de poètes*
7247. Gisèle Halimi	*Plaidoirie pour l'avortement*
7271. Marie NDiaye	*Une femme puissante*
7272. Frank Herbert	*Les esclaves du Vert* et autres nouvelles

Tous les papiers utilisés pour les ouvrages des collections Folio sont certifiés et proviennent de forêts gérées durablement.

Composition Nord Compo
Impression Novoprint
à Barcelone, le 2 avril 2024
Dépôt légal : avril 2024
1er dépôt légal dans la collection : septembre 2023

ISBN 978-2-07-301425-2 / Imprimé en Espagne

636825